Margherita Nardi

Un dipinto è un dipinto è un dipinto

Romanzo

A Sara e Luca

Margherita Nardi

UN DIPINTO E'
UN DIPINTO E' UN DIPINTO

Cominciò così

Da una semplice visita a nonna Ginevra che vive in una Casa di Riposo ad un'avventura condita con tre suicidi, la differenza è notevole.

Manuela Maffei si ritrovò, inaspettatamente, ad esserne parte semplicemente facendo visita a sua nonna materna.

Le altre ospiti dell'Istituto s'interessavano molto della ragazza, che rispondeva alle loro domande riguardanti soprattutto la sua vita sentimentale, con educazione e molta pazienza.

Quella mattina, giovedì primo settembre, Manuela se ne aspettava altre centomila che presupponevano per lo più le stesse risposte di quattro giorni prima.

Invece, appena arrivata, sua nonna la volle accompagnare a far visita ad una delle poche signore che solitamente non chiedevano mai troppe cose a Manuela.

La signora Olga aveva almeno novant'anni, ma, sulla sua età lei rimaneva sul vago.

Sicuramente il Direttore conosceva la data della sua nascita, ma sosteneva che non ha molta importanza divulgarlo; lasciava che le signore lo dicessero da se, nel caso lo volessero, rispettando il vezzo di togliersi qualche anno oppure dimenticarseli legati a qualche ricordo.

Olga a volte diceva di averne di più, altre invece ne dichiarava venticinque e sosteneva che si sarebbe sposata quell'inverno con un avvocato di Roma conosciuto a Parigi.

Altre ancora raccontava di aver ucciso suo marito, ma non si ricordava bene né in che modo né dove e neanche il perché, ma era certa di averlo fatto.

La signora Olga quella mattina non stava molto bene e per questo era rimasta in camera sua dove, per altro, passava sempre molto tempo.

La nonna di Manuela bussò delicatamente alla porta ed un "avanti" debolissimo uscì dall'interno.

Le due donne entrarono.

La stanza era in penombra.

La signora era seduta in poltrona con lo sguardo rivolto verso la tenda oscurante.

<<Buongiorno Olga, guarda ti ho portato mia nipote Manuela…le ho detto che non stai molto bene e siamo qui per sapere se sei migliorata.>>

<<Grazie, siete gentili>> sussurrò l'anziana signora.

Si alzò dalla poltrona ed aprì la tenda lasciando che la luce del mattino illuminasse la stanza.

Con agilità sorprendente si diresse verso il comodino ed estrasse dal cassettino una fotografia.

La osservò per un solo attimo, dopo di che la porse alla ragazza dicendole: <<Ti ringrazio di essere finalmente venuta a prenderla. Qui c'è tutto: la soluzione dell'omicidio è qui…sono…sono stata io … la causa di tutto…l'affido a te…lo so che sei una brava ragazza e per questo ho fiducia in te. L'ho fatto io questo dipinto perché sento il peso di quello che ho rovinato…ci ho messo tutto.

Porta questa fotografia ai Carabinieri.

Loro capiranno.

Ora… scusatemi ma voglio riposare…ora voglio dormire…ho bisogno di riposare.>>

La signora Olga, come per concludere la conversazione, si risistemò nella poltrona e chiuse gli occhi ignorando le sue visitatrici.

Le due donne, nonna e nipote, uscirono in silenzio dalla stanza.

Manuela dette una rapida occhiata alla fotografia che le era stata consegnata qualche minuto prima e la mise in tasca distrattamente.

La nonna scuoteva la testa come chi pensa che non ci sia più niente da fare.

<<Te l'avevo detto che quella povera donna è veramente uscita di testa, sono diversi mesi che non fa che parlare di delitti…dice che ha ucciso suo marito, poi dice che invece è stata la sua amica per gelosia, non ci si capisce niente; e pensare che era… è così gentile con tutti, molto educata e rispettosa.>>

La nonna s'incamminò verso la sua camera seguita dalla nipote che si stava incuriosendo.

Nonna Ginevra non s'aspettava che Manuela restasse a lungo da lei ed invece la ragazza si mise a sedere e chiese notizie della signora che avevano appena lasciato.

<<Non si sa molto di lei se non che ha l'alzheimer e lo dimostra benissimo, povera Olga. Non so nemmeno se quello sia il suo vero nome, la chiamiamo tutti così, ma una volta, anni fa il vecchio direttore disse che era giusto assecondare il suo desiderio di essere chiamata come voleva, ché anche il nome è solo una convenzione…da quando si è aggravata, non si sa cosa dirle e allora cerchiamo di assecondarla, che cosa vuoi fare. Sappiamo che è brava e non farebbe male ad una mosca. L'unica cosa certa che ci disse il direttore è che suo marito la lasciò e non se ne seppe più

niente di lui ed è forse per questo che la sua mente, pian piano ha cominciato a perdere colpi, povera donna.>>

<<Dunque sicuramente non ha ucciso suo marito?>> chiese Manuela.

<<No, assolutamente no: lei non ha ucciso nessuno. Povera donna, chissà perché si è fissata con questa storia. Mi fa molta pena e se penso che potrei diventare così anch'io…sai.. ecco…spero di morire prima… >>

<<Lascia stare, nonna, tu stai benissimo e la tua testa funziona alla grande, però ti dico che se non la smetti di immedesimarti con le tue amiche ti porto via e ti lascio dentro ad una sala da ballo dove in alternativa fanno il karaoke, va bene?>>

Nonna Ginevra rise e abbracciò la nipote.

<<Va bene, ho capito: niente lamentele.>>

Si fece tardi.

Appena uscita dalla Casa di Riposo, Manuela prese dalla tasca della giacca le chiavi della macchina e si accorse che la foto che la signora Olga le aveva dato quel pomeriggio stava cadendo per terra.

La ragazza la raccolse e l'osservò un po' più attentamente.

Riproduceva un paesaggio di campagna con qualche casa isolata, un paese nello sfondo e, dietro, una montagna.

Non si capiva bene se fosse olio su tela o tavola oppure altro, "ma questo" pensò "lo scoprirà Fabio".

Manuela la rimise in tasca e si concentrò alla guida: aveva promesso alla signora Maura, la titolare dell'agenzia immobiliare nella quale lavorava da due anni, che sarebbe arrivata in tempo per accompagnare i nuovi clienti a visitare l'appartamento in affitto che stavano cercando nel centro storico.

Guardò l'orologio: ce l'avrebbe fatta comodamente.

Nei venti minuti di viaggio il suo pensiero andò verso Olga.

Da quando la nonna era in quell'Istituto, Manuela era stata avvicinata da tantissimi anziani che le avevano raccontato la loro vita per un'infinità di volte.

Lei li ascoltava tutti rivedendo in loro l'unica parente rimastale che l'aveva cresciuta e alla quale voleva un bene infinito.

Della signora Olga, invece, si sapeva poco perché se ne stava spesso in disparte.

Sembrava non aver voglia di stare in compagnia e rare erano le volte che Manuela l'aveva trovata a chiacchierare con qualche altra signora. Eccettuata sua nonna, di carattere cordiale e molto rispettosa degli spazi altrui, la signora Olga non aveva fatto molta amicizia, limitandosi a scambiare pochissime parole con le altre persone.

Se Manuela trovava la nonna con la signora Olga, questa passava volentieri alcuni minuti insieme a loro fino a che sorridendo alla ragazza, approfittava della prima occasione per "togliere il disturbo e lasciarle sole".

Manuela sapeva che la signora parlava spesso del "suo delitto" ma nessuno prende sul serio i racconti degli anziani perché a volte ingrandiscono le cose aggiungendo particolari anche scabrosi per farsi ascoltare con più interesse; e poi si sa che l'alzheimer non lascia scampo, quindi qualsiasi cosa si dica può essere suscettibile di correzione o dubbio.

Quando Manuela arrivò in agenzia mancavano cinque minuti all'appuntamento ed i ragazzi erano già lì che la stavano aspettavano.

Lei, biondina, minuta, con due occhioni azzurri, lui poco più alto di lei, con caldi colori mediterranei.

Deliziosi.

Manuela si presentò sorridendo.

"Matrimonio in vista" pensò.

Tre mesi dopo

L'agenzia, diretta dalla signora Maura che con il tempo si era costruita una notevole rispettabilità nel suo ambiente, aveva un sacco di lavoro.

Lei era molto soddisfatta anche di Manuela, la sua giovane dipendente alla quale affidava sempre più spesso incarichi importanti.

La ragazza era sempre stata affascinata dal suo lavoro; vendere case rappresentava per lei liberare la fantasia e la passione che metteva si sentiva "a pelle" tanto che i suoi clienti spessissimo le raccontavano molti particolari della loro vita, mentre insieme visitavano la loro eventuale prossima casa.

Quella sera però era un po' stanca ed doveva ancora accompagnare una coppia di signori all'incirca cinquantenni che si erano dimostrati incontentabili.

Insieme avevano già visitato sedici o diciassette tra ville e villette, ma per i signori Banti Rossi la scelta sembrava oltremodo difficile trovando sempre qualche difetto.

La coppia teneva molto al doppio cognome, quasi a sottolineare una nobiltà della quale, in agenzia, si suppose immediatamente che fosse solo presunta.

La signora, molto curata, sembrava essere sempre appena uscita dal parrucchiere, sfoggiava abiti che Manuela aveva capito essere costosissimi con gioielli, tanti, troppi, ogni volta intonati al colore dell'abito.

Tacchi alti: sempre.

Anche lui molto curato con una compatta tinta di capelli che sembrava più che altro lucido da scarpe, sfoggiava un giallissimo orologio.

La signora Maura sosteneva che quel colore non sempre garantisce il fatto che sia oro.

Anche il linguaggio denunciava inequivocabilmente una provenienza non molto regale.

"Troppi soldi su bocche volgari….pitocchi arricchiti, ma rimasti tali nella testa" pensava la ragazza.

Lei non aveva molti abiti.

Quanto a gioielli: uno.

Ma importantissimo: un anello formato da due cerchietti di misure diverse intrecciati tra loro, con due diamanti, uno per cerchietto. Metafora di loro due, con il desiderio e tutta l'intenzione di stare insieme per sempre. Fabio glielo aveva regalato l'anno precedente.

Villa Dettori

La signora Maura aveva un altro appuntamento importante e quindi era stata ben lieta di consegnare le chiavi della villa a Manuela affinché accompagnasse gli "incontentabili" in quella visita che lei considerava inutile.

<<Non la prendono sicuro>> le aveva detto, infatti, la sua titolare <<per cui>>, aveva aggiunto, << quando hanno fatto un giro veloce va più che bene, intanto guardala tu che poi ti dico. >>

Manuela non l'aveva ancora vista.

La signora Maura le aveva spiegato come raggiungerla e la ragazza fece salire i clienti nell'auto dell'agenzia a sua disposizione con poca voglia, ma il pensiero che solo dopo due ore si sarebbe fatta bella per Fabio le fece passare qualsiasi ubbìa.

La villa distava all'incirca sei o sette chilometri dalla città, le indicazioni della sua titolare si erano dimostrate efficaci e dopo quindici minuti erano già all'interno del parco.

La ragazza aveva visitato, ormai, centinaia di abitazioni e, pur essendo concreta perché abituata a provvedere a se stessa fin da giovanissima, a volte le pareva che le lasciassero addosso l'atmosfera, triste o gioiosa a seconda, diceva lei, di chi le aveva abitate.

A volte si era sentita a disagio in certe ville lontane dalla città o in appartamenti piuttosto bui del centro storico.

Sapeva di avere troppa fantasia e si sforzava di conservare un atteggiamento più distaccato possibile che lei voleva chiamare professionalità.

Le sensazioni però arrivavano da sole e spesso erano condivise anche dalla signora Maura.

Dicevano tra loro che dovevano forse smettere di leggere libri gialli ché forse erano quelli a far andare la fantasia; tuttavia, erano ben convinte: le "case parlano" da sole attraverso i proprietari che le avevano "indossate".

Villa Dettori era decisamente impregnata di pathos.

Manuela sentì un brivido alla prima occhiata della facciata.

Dal cancello, bellissimo, che già prometteva ciò che avrebbe poi mantenuto, si erano visti solo alberi; il viale formava due curve e solo dopo queste appariva la casa in tutta la sua grandiosa personalità.

La facciata, con tre ordini di finestrature, era sovrastata, nella parte centrale in corrispondenza della maestosa porta d'ingresso, da una torretta. Qui, sotto un timpano triangolare di buonissime proporzioni, campeggiava un orologio.

Anche gli improbabili acquirenti erano rimasti affascinati a quella vista.

In corrispondenza della facciata principale, il terreno era allo stesso livello della base dei finestroni mentre, per le fiancate ed il retro della casa era più basso di circa un metro: quel tanto che serviva alle finestre d'illuminare abbondantemente i locali seminterrati destinati, oltre alla grande cucina, ai locali dove una volta lavorava il personale di servizio.

Due muretti, interrotti per due brevi scalinate che mettevano in comunicazione i due diversi livelli del terreno, continuavano da entrambi i lati il filo della facciata fino al punto in cui una leggera discesa uniformava il terreno.

Sopra i muretti, molti vasi a base rettangolare dovevano regalare, un tempo, un bellissimo impatto visivo.

In corrispondenza dei passaggi, due archi in ferro ornati di semplici riccioli, erano ricoperti da qualche rametto di edera selvatica.

Manuela pensò che doveva essere il giardiniere a tenerla sfoltita, altrimenti, se lasciata a se stessa, avrebbe impedito la vista della decorazione degli archi.

Otto orci di terracotta, quattro per lato e di misura crescente, invitavano i visitatori verso l'ingresso.

Alla sinistra del vasto piazzale antistante la villa c'era una piccola chiesa, sicuramente di costruzione precedente l'abitazione.

L'interno, un'unica navata molto semplice, poteva contenere non più di cinquanta persone.

Di fronte alla chiesa c'era la dépedance della villa con tre camere da letto con bagni privati al piano di sopra.

La zona al pianterreno era occupata tutta da un salotto con un bel camino, una piccola cucina ed un altro bagno in marmo chiaro.

Manuela aveva fermato l'auto nel piazzale e tutti e tre erano scesi già molto impressionati alla prima occhiata.

Ancor prima di visitare l'interno avevano voluto fare un breve giro del parco e, nonostante i tacchi alti che le impedivano di camminare agevolmente sul soffice terreno e sui viali con la ghiaia, la signora, pur caracollando un po', non batté ciglio.

Il parco, decisamente uno splendore, appariva in alcuni punti un po' trascurato, perché i proprietari mandavano il giardiniere "solo" una volta ogni tre mesi.

La cosa che sorprese immensamente i visitatori fu la molteplicità dei colori delle piante.

<< Si capisce che il giardiniere è molto esperto.>>

Questa osservazione della signora fece dare un'occhiata alla scheda di lavoro che Manuela si era portata con se: descriveva l'anno di costruzione della casa ed il nome dei proprietari e, tra le altre notizie, anche che l'architetto del giardino aveva fatto in modo che perfino in inverno ci fossero dei colori.

Manuela notò che nell'inserto non c'era la pianta della villa; pensò ad una svista di Maura e si guardò bene dal comunicarlo ai clienti tanto, pensò, per la prima visita non era necessaria.

I tre visitatori decisero di entrare dentro.

L'ingresso era così ampio che Manuela considerò che il suo appartamentino ci sarebbe entrato tutto.

Una scala in pietra serena portava al piano superiore.

La ringhiera, in ferro battuto, poggiava il suo primo colonnino nello scalino più basso, il più ampio degli altri che andavano man mano a ridurre la loro larghezza.

Tra il portone d'ingresso e   l'inizio della scala c'erano almeno sei metri.

Al pian terreno le stanze avevano una grande personalità nonostante che i mobili fossero ricoperti di grandi teli bianchi: ognuna di esse era stata dipinta con una tonalità di colore diverso, prevalentemente dal rosa pesca all'arancio. La parte bassa delle pareti era per lo più decorata con finto marmo e numerosi affreschi impreziosivano la maggior parte delle stanze con dipinti di paesaggi marini e di campagna.

Preziosi decori anche nei due bagni.

Grossi termosifoni in ghisa, decorati sia nella parte soprastante che nelle zampe con piccoli bassorilievi floreali, interrompevano alcune pareti.

Le porte, pesanti in legno scuro, a due ante.

<<Tutto l'arredamento, per la maggior parte in puro stile chippendale>> lesse Manuela nella scheda << è incluso nel prezzo.>>

I signori Banti Rossi erano letteralmente affascinati e la signora non faceva che dire << Oh sì, oh sìì, sììì. Questa sì! >>

Al piano di sopra c'erano otto porte. Al di là, altrettanti salottini privati prima di ogni camera da letto con relativo bagno.

L'arredamento manteneva lo stesso stile del piano inferiore.

Tutto ciò mandò letteralmente in visibilio l'aspirante nobildonna.

Il prezzo della splendida villa, nonostante il lignaggio, fece nominare l'organo sessuale maschile al signore mentre nella moglie il colore dei pomodori maturi si sparse in un secondo dall'attaccatura dei capelli fino alla punta delle dita delle mani.

Manuela non batté ciglio, molto abituata a quel genere di persone.

Proprio in quel momento un leggero calpestio di sopra fece voltare i tre visi verso il soffitto.

<< Che c'è su?>> chiese lui.

<<Niente che io sappia, …forse, probabilmente la soffitta… m'informerò in agenzia se a loro… interessa la villa >>.

Non ci fu risposta e la signora, dondolandosi, volle fare un altro giro tra le camere soffermandosi ad ammirare qualche dipinto alle pareti.

Di nuovo si avvertì chiaramente un fruscio proveniente da sopra seguito da un suono non molto comprensibile.

<<Coosa sarà maai ??>> Chiese lei con tono e atteggiamento da prima attrice che forse avrebbe voluto sembrare raffinato.

<< E ci saranno i topi >> rispose lui, senza riflettere molto, marcando stretta l'ultima o e rivelando, senza dubbio alcuno, la cadenza campagnola della parte più in pianura della provincia aretina.

Quando Manuela ricondusse i visitatori all'ingresso si era già ripromessa di visitare la casa con calma, con Fabio o con Maura, perché raramente aveva visto abitazioni così belle.

La sera rise insieme al fidanzato raccontando la pretestuosa nobiltà di quei due personaggi.

Un'occhiata di più

Qualche giorno dopo, insieme a Maura, Manuela ritornò a villa Dettori con un signore che anche solo ad una prima occhiata sembrava essere fatto di tutt'altra pasta rispetto ai signori Banti Rossi di cui si erano, nel frattempo, perse le tracce.

Lui aveva un unico cognome, Mimbelli, ma il triplo della classe.

Manuela era contenta di quella nuova visita alla villa perché era stata affascinata da quell'abitazione sontuosa come mai le era capitato fino ad allora.

Maura invece non aveva molta voglia di rivedere, per l'ennesima, volta "il museo" come lo chiamava lei, ma la ragazza aveva tanto insistito che infine si era fatta convincere.

Siccome il cliente intendeva usare la propria automobile perché dopo la visita doveva raggiungere dei conoscenti da quelle parti, Manuela aveva pensato che, quando fossero rimaste sole avrebbe potuto osservare meglio la villa insieme alla sua titolare.

La seconda volta, e con un cliente perfettamente adatto al luogo, Manuela se la gustò ancora di più.

Mentre la signora Maura svolgeva il suo lavoro, lei con il naso per aria osservava attentamente i particolari architettonici e le meraviglie dei dipinti.

La titolare dell'agenzia, intuendo un probabile diverso risultato, fece notare al cliente anche un passaggio tra una stanza e l'altra che Manuela non aveva notato, molto ben mascherato all'interno di un dipinto.

Due colonne di un porticato, nascondevano perfettamente una porta che immetteva in una stanza di misure molto ridotte che probabilmente era stata un piccolo studio.

La fantasia di Manuela ebbe un sussulto di piacere e promise a se stessa che prima di vendere quella casa se la sarebbe studiata in tutti i suoi minimi particolari ed anzi, intendeva fare delle foto per tenersele per ricordo.

La signora Maura rispondeva alle domande del cliente, mentre Manuela rimaneva spesso in disparte.

Quando la visita dell'interno della villa fu finita, uscirono fuori.

Il parco non era da meno: un ettaro di piante adulte insieme a cespugli e siepi che delimitavano dei piccoli giardini le cui colture erano state scelte sia per la loro monotematicità sia per l'appartenenza ad un unico colore.

Il signore osservava in silenzio, ma l'espressione sembrava molto soddisfatta.

Chiese il prezzo e alla risposta non ci fu neanche un battito di ciglia.

Ringraziò e chiese di essere riaccompagnato all'uscita.

<< Vi saluto e…vi farò sapere presto.>>

Già qualche secondo dopo, Manuela era pronta per rifare tutto il giro e per riattraversare "il passaggio segreto" che tanto aveva eccitato la sua fantasia.

<< Ce n'è anche un altro>> disse Maura, felice di entusiasmare così tanto la sua collaboratrice << vieni, di qua.>>

Le due donne si fermarono di fronte ad un breve corridoio in fondo al quale un tromp-l'oeil rappresentava un armadio dipinto in modo perfetto.

<<Guarda là, Manu! >>

La ragazza guardò attonita "l'armadio".

Maura andò spedita in quella direzione e, semplicemente lo spinse.

Un leggero cigolio e quello si spostò verso sinistra rivelando un piccolo vano dal quale una scala in legno abbastanza rovinata scendeva al piano di sotto.

<<Non è il caso di avventurarcisi, la scala è abbastanza sconnessa ed è per questo che è meglio far finta che non ci sia. Porta direttamente in cucina due piani più sotto, dietro ad un altro armadio uguale a questo qui>> disse indicando il tromp-l'oeil.

<<Andiamo>> disse la ragazza, precipitandosi per la scala di pietra, al piano sottostante dove, in fondo ad un piccolo disimpegno, un altro armadio dipinto nascondeva lo stesso segreto e, dopo qualche secondo di ammirazione, ancora più sotto verso la cucina.

Un camino immenso, non certo finto, ma in pietra serena, con sulla cappa uno stemma formato da due righe orizzontali, sicuramente quello della famiglia, faceva bella compagnia ad un armadio, dipinto alla sua sinistra.

Manuela si precipitò in quella direzione e lo spinse come aveva fatto Maura due piani di sopra. La porta si aprì e dietro apparve la scala che saliva.

<<Non so che darei per avere questa casa>> fu il commento della ragazza.

<<Lo sai benissimo cosa dovresti dare per averla, il guaio é che non ce li hai, come non ce li ho io né mai li avremo, nemmeno se facciamo società. Andiamo via dai.. é ora di ritornare a terra, ché le ali della fantasia a me si sono stancate. La prossima volta ti faccio vedere altri segreti>>

<<Altri segreti?? Ora, subito Maura ti prego. Fammeli conoscere ora i segreti di questa casa>> implorò la ragazza.

Il giro ricominciò e quando uscirono dalla bella villa il cielo stava già colorandosi per il tramonto.

<<Voglio portarci Fabio, lui con tutti questi dipinti c'impazzirà di gioia.>>

<<Le chiavi ce le abbiamo, non è poi un gran peccato volersi godere una casa così per un quarto d'ora…però fuori dell'orario di lavoro…va bene??>>

<< Certo, grazie.>>

<< Devo dirti che non ti ho fatto vedere proprio tutto.>>

<< Davvero? Ancora? E dove?>>

<< Scopriteli da soli, tu e Fabio, ma state attenti a dove mettete i piedi e tu non venirci mai da sola.>>

<<Ok capo, sarà fatto.>>

La nonna

Al telefono la nonna sembrava molto triste anche se insisteva nel dire che stava benissimo e aveva solo la voglia di sentire la voce di Manuela.

La ragazza aveva però intuito che dietro quella semplice richiesta ci potesse essere dell'altro e così aveva deciso di raggiungerla appena possibile.

<<Vengo domani mattina, nonna, oggi non ce la faccio proprio, va bene? Parliamo un po' e ci coccoliamo ché anch'io ne ho proprio voglia perché ormai sono dieci giorni che non ci vediamo. >>

Il mattino successivo Manuela si diresse con la sua cinquecento all'istituto che ospitava la nonna.

Il viaggio durava meno di mezz'ora e di quella strada lei conosceva ogni curva, casa e pianta avendolo percorso ormai centinaia di volte.

La nonna era la sola parente che avesse e l'unico rammarico della ragazza era che non se la poteva godere di più.

L'anziana signora aveva tanto insistito per andare a vivere in quell'Istituto insieme a due sue amiche e sembrava veramente contenta della scelta, felice anche di lasciare la ragazza libera del suo tempo e tranquilla ché <<alla nonna c'é chi ci pensa.>> le ripeteva.

L'anno successivo le sue due amiche erano andate via, a distanza di tre mesi l'una dall'altra, a casa dei figli che vivevano in altre città e la nonna, sebbene fosse caduta in una leggera depressione, era voluta restare ugualmente in quell'Istituto dove diceva di essersi ormai ambientata benissimo.

Manuela aveva aumentato le visite, anche se la nonna le ripeteva che doveva stare tranquilla.

Appena s'incontrarono, quella mattina, si diressero in camera e la signora, un pochino trafelata, si mise a sedere vicino al piccolo tavolino dove teneva la foto della ragazza e con un gesto invitò sua nipote a fare altrettanto di fronte a lei.

<< Ti volevo dire che Olga non sta per niente bene ed il dottore dice che potrebbe morire da un giorno all'altro.>>

<< Mi dispiace, ma tu cerca di non abbatterti per questo e distraiti se ti è possibile… la signora Olga è tanto anziana e poi é un po' malata…>>

Manuela cercava di consolare la nonna pensando che si fosse immedesimata nella situazione della compagna d'Istituto, quando la signora, con un gesto della mano le fece capire che aveva equivocato ed il motivo per cui l'aveva cercata era un altro.

<< Mi ha fatto chiamare insieme al Direttore e mi ha dato un gioiello, un orecchino…uno solo che io non le avevo mai visto…meraviglioso, antico. Ha detto che è per te e ha voluto il Direttore come testimone della donazione perché non si potesse sospettare, un domani, che potevo averglielo preso senza la sua autorizzazione… pensa te…poverina, noi sappiamo che ha

l'alzheimer, però ha dimostrato grande lucidità nel volermi proteggere…non ti pare?>>

<<Certo che sì.>>

Manuela osservava la nonna constatando che aveva una buona energia mentre raccontava di questo alla nipote e ne fu molto compiaciuta.

<< Sembrava veramente molto lucida,>> continuò l'anziana signora, <<quando parlava con il Direttore raccontando che ormai non aveva più nessuno e le uniche cose del suo passato che le rimanevano erano la foto che ti ha dato tempo fa quando, secondo me, non ci dava per niente e quell'orecchino che voleva che avessi tu perché, ha detto lei, sei l'unica che l'ha ascoltata e che creda che veramente abbia commesso il "suo delitto" perché qui, tutti pensano che sia un po' matta e non le credono.

A quel punto abbiamo pensato, il Direttore ed io che la sua mente fosse ritornata in confusione. Ci è bastata un'occhiata per capirci. Lei dice che è giusto che l'orecchino lo tenga tu perché tanto non ha più nessuno. Ora ce l'ho io perché, se tante volte Olga lo volesse rivedere è bene accontentarla, ma appena muore lo passo a te. Ora te lo faccio vedere.>>

La nonna tolse dal cassettino del suo comodino chiuso a chiave una scatolina di latta smaltata di verde e l'aprì sotto gli occhi della ragazza.

Manuela prese tra le dita il gioiello.

Era questo un pendente formato da un'asticella a forma di c, come la metà di un cerchietto d'oro sul quale erano applicate tante piccolissime perle, un filo leggero formava poi la parte che sarebbe entrata nel lobo dell'orecchio impreziosito da un rubino.

<<Andiamo da lei>> disse la ragazza << se è possibile vorrei ringraziarla e informarmi sulla sua salute, sono molto meravigliata di questa cosa.>>

<<In questi mesi, da quando ti ha dato la foto>> aggiunse la nonna << mi ripete sempre che quella è la prova del delitto, poverina, non vorrei mai approfittare di lei. >>

Manuela era commossa ed incuriosita per il gesto della signora Olga.

La trovarono in poltrona vicino alla finestra.

Chiese chi fossero alle due visitatrici che si scambiarono un'occhiata, poi improvvisamente fece loro una gran festa.

<<Tu sei la ragazza a cui ho dato la foto, ti riconosco. Il dipinto l'ho fatto io e c'è la spiegazione del delitto>> disse con foga << portala ai Carabinieri devi fare la denuncia perché io non ce la faccio più con questo peso sulla coscienza.>>

<< Sì, sì certo signora Olga stia tranquilla che, come torno ad Arezzo vado dai Carabinieri per la denuncia, intanto la volevo ringraziare per l'orecchino: ho molto gradito che avesse pensato a me.>>

<<L'orecchino devi averlo tu, il Direttore lo sa e appena muoio te lo da>> poi, come parlasse al vento e con un filo di voce aggiunse <<anche quello è legato al delitto, l'altro lo persi nel viaggio di ritorno dopo che avevo seppellito mio marito, ora forse sono insieme. Ma tu >> aggiunse l'anziana signora<< se vai dai Carabinieri a denunciare il fatto, mi sollevi l'animo ed è per riconoscenza che te lo regalo volentieri.>>

Il trillo ritmato del campanello annunciò l'ora del pranzo e la signora Olga ringraziò Manuela e la nonna per la visita.

Il viaggio di ritorno ad Arezzo fu abbastanza triste per la ragazza, che constatava quanto fosse fragile la condizione degli anziani e la signora Olga le faceva veramente una gran pena.

La sera Manuela avrebbe cenato a casa del fidanzato.

Fabio chiese della nonna e Manuela gli raccontò tutto ciò che le era accaduto quel giorno soffermandosi soprattutto sui presunti vaneggiamenti circa il delitto.

<<Ma la foto ce l'hai tu?>> chiese il ragazzo.

<<Eccola è questa, te l'ho portata perché mi piacerebbe, a questo punto, capire un po' di più della storia… quanto al dipinto vorrei sapere se è stato fatto su tela o se…..>>

Manuela osservò Fabio che non l'aveva neanche fatta finire di parlare e si era messo a guardare attentamente il dipinto riprodotto. La ragazza sapeva che lui era un appassionato d'arte ed il suo sogno era di fare il pittore, anche se per il momento lavorava all'ufficio del personale del Comune.

Fabio prese la lente d'ingrandimento per osservare bene i particolari incuriosito dal fatto che la signora Olga avesse detto che lì ci fosse la descrizione del delitto, ma non vi colse nessun indizio interessante e dopo cinque minuti che a Manuela sembrarono eterni, appoggiò la foto sul tavolino, comunicò che l'avrebbe studiata meglio l'indomani e alzò gli occhi verso la fidanzata che sorrise.

Un'altra visita

Armato di macchina fotografica, Fabio si diresse a casa della fidanzata il sabato successivo di prima mattina.

Lei lo stava aspettando impaziente.

Sarebbero andati alla villa che tanto aveva entusiasmato la ragazza e che voleva condividere tutta quella meraviglia con lui.

Dopo una ventina di minuti erano già di fronte al cancello di villa Dettori dove campeggiava, nella sua parte centrale in alto, lo stesso stemma che Manuela aveva notato nel grande camino in cucina ed in alcune stanze del primo piano.

Giunti all'interno della villa la ragazza lasciò che Fabio girasse come meglio credesse per le stanze.

Non rivelò i segreti, ma lui, molto curioso pigiava le dita su qualsiasi particolare che trovava interessante fino a che scoprì tutto, anche quello che a Manuela non era stato rivelato.

La ragazza lo seguiva in silenzio, felice di avergli fatto vedere una simile meraviglia.

Anche a Fabio, naturalmente, quella casa sembrò piena di fascino e invitò Manuela a raccontargli qualche cosa di più delle sue origini e dei proprietari.

La ragazza ne sapeva ben poco, ma si ripromise di fargli avere tutto ciò che poteva.

Intanto si gustavano quello che vedevano.

Lui era affascinato dalle decorazioni delle pareti.

<<Belle queste pitture vero?>> disse Manuela.

<<Sono affreschi, tesoro, ed anche ben fatti.>>

<<Affresco? Che vuol dire?>>

<<L'affresco è un modo di dipingere sul muro in maniera particolare… è la tecnica che fa la differenza…ora cerco di ricordarmi…ehm dunque, mi… mi ricordo solo che la preparazione è importantissima... il muro deve essere ben asciutto e su questo si deve stendere un intonaco particolare che è fondamentale per la riuscita e la durata del lavoro. Tu sai cos'è l'intonaco, vero?>>

<<Sì, lo so perché venne il muratore l'anno scorso a rifare quello del garage a casa tua, e io guardai ciò che faceva perché mi piace imparare di tutto, ti ricordi?>>

<< Giusto>> rispose Fabio.

<<Dai, continua>> lo invitò Manuela.

<<Dunque; la sabbia usata per la preparazione dell'intonaco dell'affresco deve necessariamente essere di fiume e mai di mare perché…perché quella di mare ha tracce di sale che attirano l'umidità per cui possono far gonfiare il colore e rovinare il lavoro.

Credo che ci debba essere mischiata della polvere di marmo…almeno mi pare…di ricordare, so per certo che il colore va steso quando l'intonaco è ancora umido poiché diventerà un tutt'uno con la parte sottostante attraverso un particolare processo chimico. Praticamente il colore penetra nell'intonaco, mi spiego?.. E' necessario che l'artista sia sicuro di ciò che va riproducendo perché non si può permettere ripensamenti. A questo scopo, non solo si preparavano dei disegni preliminari come fanno tutti i pittori, ma era necessario avere le idee molto chiare nel momento in cui si cominciava a dipingere. Nel corso degli anni sono state usate molte le tecniche per segnare sull'intonaco le tracce da colorare. Alcuni riportavano su cartoni il disegno, lungo le cui linee venivano fatti una serie di piccoli forellini; veniva poi tamponato il cartone con della polvere che passava sul muro attraverso i fori, lasciandoci il disegno.

C'era anche un'altra tecnica se ben ricordo: con uno stilo a punta arrotondata si faceva una leggera pressione sul disegno fatto su carta sottile e questa operazione lasciava un leggero avvallamento che era la traccia del disegno, una specie di ricalco.>>

<<E la pittura, quella… quella normale? >> Chiese ancora Manuela

<< Si fa con il pennello e la tempera, ma rimane tutto a livello di neanche un millimetro, non la si potrebbe trasportare come invece si può fare con l'affresco.>>

<<Si trasporta un affresco?>>

<<Certamente, in alcuni casi in cui è necessario farlo, per esempio per un restauro, si può.>>

<<Invece la pittura è più semplice…>> s'intromise lei.

<<Sì, ma non resiste molti anni. Anche per la pittura ci vuole una buona manualità e la conoscenza dei colori per la cui scelta bisogna essere preparati perché asciugandosi possono cambiare.

Il mio babbo mi aveva insegnato un trucco relativamente alle tempere: se metti un po' di colore su un vetro e lo guardi dal dietro lo vedi come sarà da asciutto.>>

<<Davvero? Ganzo!>>

Manuela era affascinata, non tanto nel sentire Fabio raccontarle queste tecniche, ma dall'amore che lui aveva per l'arte e di quanto conseguentemente sentisse la voglia di comunicarlo a lei.

<<E il trompe-l'oeil cos'è e come si fa?>>

<<Te lo dico domani>> le rispose lui abbracciandola <<In un posto così bello mi vengono idee all'altezza dell'ambiente.>>

Il cliente

La settimana successiva, qualche giorno dopo capodanno, la signora Maura ricevette la telefonata del signor Mimbelli che le diceva che la proposta le interessava molto ed intendeva accompagnare sua moglie a vedere la villa.

Fissarono un appuntamento per il pomeriggio del giorno dopo.

Manuela rimase in agenzia e la signora Maura accompagnò i signori Mimbelli alla villa.

Due ore dopo erano già di ritorno.

<<Presa>> Annunciò radiosa Maura.

Con un po' di rammarico Manuela disse addio alla possibilità di ritornare nella bella casa; era contenta per averle fatto le foto, anche se non era molto professionale e solo di quelle si doveva accontentare.

Pensò agli armadi solo dipinti che nascondevano il segreto della scala, avrebbe voluto percorrerla e se la immaginò con persone con vassoi in mano che salivano per portare vivande ai piani superiori. Pensò ai passaggi da una stanza all'altra e ai bagni grandi, bellissimi nella loro semplicità. In uno di questi, in occasione di una visita c'erano entrati in cinque e non sembrava molto affollato.

Un altro, ricoperto fino al soffitto di marmo verde era quello che più le era piaciuto ed era della stessa misura di camera sua.

Anche il parco era notevole e lo avrebbe voluto vedere in tutte le stagioni, certa che sarebbe stato ogni volta un'altra cosa… sempre stupendo.

Sospirò.

Telefonò ad Fabio e le comunicò la vendita.

<<Torniamoci un'altra volta, ti prego, io e te da soli, vuoi?>>

<<Certo che voglio, piccola, con te… in un posto del genere… domani è sabato, ci andiamo la mattina così visitiamo meglio anche il parco>>

<<Perfetto, ciao amore è arrivata una signora e ti devo lasciare.>>

<<Ciao, a stasera alle sette.>>

<<Ciao.>>

La mattina dopo l'aria era fredda e pungente, ma il cielo era azzurro e prometteva bene per tutta la giornata. I due ragazzi erano felici e alle nove del mattino erano già alla villa.

Il parco era grande e solo dopo alcuni minuti di cammino tra gli alberi s'intravide la città con dietro la montagna. La vista si aprì fino ad abbracciare un'inquadratura bellissima sull'intera città e sulle colline intorno.

Fabio si era fermato.

Guardava lontano e Manuela gli chiese se cercava di capire dove fossero le loro case.

<< No, sto solo ricordando che da queste parti ci deve essere la casa di un mio amico. Deve essere là>> aggiunse indicando la collina alla sua sinistra oltre la piccola vallata sottostante, << più o meno a questa stessa altezza, sì, ecco ora la vedo, guarda là a sinistra sotto quel boschetto ci sono dei cipressi e un po' più a destra una casa gialla…grande… sì è proprio quella…ci abitava Gianfranco detto Gianfra. Quante notti, d'estate, ho dormito in quella casa… e quante ne abbiamo combinate. I suoi genitori erano sempre contenti che stessi con loro ed io ero al settimo cielo…quante avventure! Sono passati tanti anni…ora lui è

missionario in Africa e io vado al giro per le ville altrui, con una bella ragazza… Va beh, dai entriamo dentro per l'ultima visita ché a pranzo siamo dallo zio Beppe che starà già preparando le schiacciatine con le olive.>>

In tarda mattinata, prima di andare dagli zii, Fabio volle passare vicino alla casa del suo amico per riavere la stessa vista della zona di quando era piccolo.

Fermarono la macchina lungo la strada a poche decine di metri dalla casa e scesero.

Da là il panorama era bellissimo e sulla destra, tra gli alberi spogli, s'intravedeva la torretta e parte del tetto della bella villa che avevano visitato poche decine di minuti prima.

Fabio la indicò alla ragazza.

Non si poteva certo vedere di più di quello che ci fosse intorno, ma alcuni particolari erano ancora ben impressi nella memoria del ragazzo.

<<Ecco dove l'avevo già vista!>>

Guardò verso la fidanzata, ma Manuela, in quel momento, era stata distratta da un gattino e non aveva sentito l'osservazione di Fabio.

Quando la ragazza tornò vicino al fidanzato chiedendogli quale fosse la casa del suo amico, lui gliela indicò.

Fabio era perplesso e Manuela gli chiese che cosa avesse.

<<E' molto strano: il panorama che si gode da qui è simile alla foto del dipinto della signora.>>

Manuela si girò ad osservare.

<<Sei sicuro? Io non sono una grande osservatrice, ma ricordo solo che c'era una montagna con davanti un paese, ma sai quante ce ne sono d'immagini così anche solo qui intorno…dai,

poeta romantico, torna per terra e andiamo a mangiare quelle meraviglie che preparano i tuoi zii. La zia Bruna sarà già in ansia perché siamo già un pochino in ritardo.>>

Risalirono in macchina e mezz'ora dopo già erano in compagnia degli zii di Fabio che avevano accolto Manuela con molto affetto poiché, avendo quattro maschi la ragazza era per loro fonte di felicità e se la coccolavano quanto e più potevano.

Fabio era sempre stato contento di questa cosa perché anche lui come la fidanzata non aveva più i genitori.

Era già la sera tardi quando i due ragazzi si lasciarono sotto la casa di lei.

Qualche minuto dopo anche Fabio fece ritorno nella sua abitazione.

Già in pigiama si diresse in cucina per bere e, transitando nel piccolo soggiorno, il suo sguardo si posò sulla fotografia che Manuela le aveva portato qualche sera prima.

Prese la lente d'ingrandimento ed i suoi pochi dubbi rimasti, caddero definitivamente.

Senza il minimo dubbio, l'immagine della villa rappresentato nella foto rassomigliava perfettamente a quello che per tanto tempo aveva visto da bambino dalla casa del suo amico.

Ma cosa poteva voler dire tutto ciò?

Chissà quanta gente aveva già visto il profilo di quel tetto, così unico, con quella torretta…

Qualsiasi pittore della zona, o qualcuno di passaggio, che si fosse innamorato della campagna toscana che è una vera meraviglia, molto ben riconoscibile, così punteggiata dai suoi cipressi e con le colline dolci e verdi, poteva aver notato quel particolare e averlo voluto riprodurre all'interno del suo dipinto.

Una cosa era certa e cioè che colui, o colei, che aveva fatto quel dipinto, innamorato o no che fosse stato della campagna toscana, aveva scelto, come punto di osservazione la zona vicino alla casa del suo amico Gianfranco.

Certo la combinazione era ben strana.

Chiamò Manuela.

Il telefono squillò a lungo fino a che udì << Proontoo>>

<<Ehi amore sonnacchioso, ho una notizia che ti sveglierà, ma non ce la facevo ad aspettare domani…ci sei?>>

<<Sì, ci…ci sono, ma non farmi ragionare molto su cose complicate perché…non sono in condizione di farlo.>>

<<Beh giudica tu: la foto che ti ha dato la signora dell'Istituto riproduce sulla destra la casa bella, la villa, quella che abbiamo visitato stamattina. E' una strana coincidenza, non trovi?>>

Il tono della voce della ragazza era completamente cambiato e la sua attenzione si fece massima.

<< Ne sei sicuro?>>

<<Certo che sì, già quando siamo andati vicino a casa del mio amico e ho guardato verso la villa, l'immagine della foto si è come sovrapposta a ciò che stavo osservando; tuttavia ho pensato di sbagliarmi. Ora che ho la foto in mano vedo bene che sono la stessa veduta.>>

<<Fabio, la signora Olga disse che quel dipinto lo aveva fatto lei e che lì c'è la spiegazione del suo delitto.>>

Manuela era perfettamente sveglia e voleva, a quel punto, capire decisamente tutto.

<<Allora che vorresti dire, che la vecchia signora è stata una pittrice, parente del mio amico e che ha ucciso suo marito in quella casa dove io andavo da piccolo?>>

<<Non ne ho la minima idea, però una cosa l'ho ben capita e cioè che domani mattina andiamo a trovare la nonna e interroghiamo con calma la signora Olga cercando di capire di più su questa storia, sul tuo amico e la sua casa. Va bene anche per te, vero?>>

<<Ci vediamo alle nove. Dormi bene amore.>>

<<…notte.>>

Non fu facile riprendere sonno per Manuela ed anche Fabio si fece molte domande.

Poteva essere solo una combinazione.

Oppure quello che asseriva la signora Olga.

Poteva essere il vaneggiamento di una signora malata.

Oppure tutta un'altra storia.

Manuela voleva capire che cosa accumunava la signora Olga all'amico di Fabio.

Era necessario, pensò per questo, andare a casa di Gianfranco, osservare bene tutto intorno e chissà che altro.

La mattina dopo Fabio suonò il campanello di Manuela e lei uscì dopo pochissimo, era evidente che fosse già pronta.

I due ragazzi giunsero all'Istituto e si diressero verso la camera della nonna.

Non c'era e chiesero notizie ad una conoscente la quale disse loro che avrebbero trovato la nonna in soggiorno, probabilmente "appiccicata" al termosifone.

Era lì.

La videro molto triste.

Quando si accorse dei ragazzi, fece loro un bel sorriso, ma comunicò subito che era successa una disgrazia: la signora Olga era caduta in giardino ed era morta.

<< Ieri pomeriggio prima del tramonto l'avevano vista uscire e Adele le aveva anche detto di non andar fuori perché era freddo, ma lei non l'aveva neanche guardata. All'ora di cena non si era presentata e quindi avevano cominciato a cercarla chiamandola insistentemente fino a che l'avevano trovata sotto al muraglione che sostiene il parcheggio.>>

I ragazzi rimasero sconcertati per l'accaduto.

Non sembrò loro il momento adatto per indagare sulla vita della signora Olga.

Chiesero solo come si fosse svolta la cosa.

<<E' stata una cosa strana,>> continuò a raccontare la nonna, dopo essersi soffiata il naso per l'emozione <<laggiù vedete>> indicò << c'è quel piazzale dove il personale dell'Istituto mette le macchine, non il parcheggio dei visitatori, ma quello sul dietro… laggiù dove c'è la terrazza, da dove si vede tutta la valle con il paese … si è gettata di sotto da lì…forse… si è suicidata, capite…era così dolce…ho… sentito le inservienti dire che secondo loro si è uccisa perché non reggeva più il rimorso per aver ammazzato suo marito…ma è una cattiveria, tutti sanno che era scappato, non può averlo ucciso… anche le altre pensionanti dicono la stessa cosa, ma io non ci credo, stamani c'erano i Carabinieri… indagheranno e vedrai che diranno che è solo caduta, almeno spero, povera Olga.>>

Manuela era triste per sua nonna e se l'abbracciò stretta.

<<Ora, nonna, ti vai a cambiare ed andiamo a casa nostra tutto il giorno e torniamo per dormire oppure dormi con me, poi vediamo.>>

<<No, ragazzi, non vengo, vi ringrazio tanto, ma voglio rimanere qui perché devo stare insieme a Beatrice che non sta bene, ora sono tutti dietro a questa cosa, e non le prestano le dovute attenzioni, ma io aspetto il dottore che è già stato chiamato e ci voglio parlare… l'ho lasciata che dormiva, ma ora devo tornare su da lei. Prima passo a lavarmi il viso, perché voglio essere in ordine ché di Olga ancora non sa niente e glielo voglio dire io con calma sempre che le sia passata la febbre.>>

Mentre accompagnavano la nonna verso camera sua, passarono di fronte alla direzione e tutti e tre sentirono chiaramente il signor Orli che, probabilmente parlando al telefono, stava dicendo: <<Lasciare le scarpe una accanto all'altra sulla terrazza è la prova del suicidio, lo ha detto il maresciallo.>>

La nonna si fermò un attimo, ma poi riprese il suo cammino trattenendo a stento le lacrime.

Dopo una mezz'ora i ragazzi erano già sulla via del ritorno.

Erano avviliti; dispiaciuti per il dolore della nonna, ma anche rattristati per non aver potuto parlare in tempo con la signora Olga.

<<Un suicidio! Che brutta cosa.>> disse la ragazza.

<<Manuela, mi hai detto che la villa viene venduta presto, vero?>>chiese Fabio alla fidanzata.

<<Sì, quel signore molto elegante, Mimbelli, che venne la settimana scorsa l'ha rivista insieme a sua moglie e hanno detto che la compreranno. La signora Maura sta già predisponendo i documenti necessari per il rogito.>>

<<Ehi, piccola, ma non sei tu che hai sempre la mente piena d'indagini, che sei sempre pronta a cercare di scoprire le cose??>>

<<Che vuoi dire con questo?>>

<<Voglio dire che siamo incerti se può essere successo qualcosa a casa del mio amico Gianfranco, ma niente sappiamo della villa. Tra poco per noi sarà impossibile saperne di più se non dall'esterno, ritorniamoci presto finché possiamo per vedere se tra tutti quei segreti che ci sono, non ce ne siano altri che interessino la nostra storia.>>

<<Tu pensi proprio che la villa centri qualcosa con la signora Olga?>>

<<La nonna Ginevra ha detto una cosa che, appena l'ho sentita mi ha fatto suonare un campanellino e mi sta frullando in testa e non so chiarirmi... ecco... non capisco bene, ma ci deve essere un'analogia tra il gettarsi dal parapetto della terrazza e ciò che c'è alla villa: una terrazza formata da un terrapieno come all'Istituto.>>

<<Tu sei più investigatore di me! Questa osservazione è degna di Sherlock Holmes ed tu sarai il mio Watson.>>

Manuela era fortemente eccitata da quell'idea e intendeva tornare alla villa il prima possibile.

<<C'è dell'altro,>> continuò come soprapensiero Fabio <<ma prima voglio capirci di più.>>

<<Cosa??>>

<<Lasciami riflettere, piccola, ho come un mulinello d'informazioni che mi girano per la testa; devo fare ordine, poi ti dico.>>

Si recarono immediatamente all'agenzia a prendere le chiavi della villa.

La porta era aperta e dentro c'era la signora Maura che stava lavorando al computer.

<<Cosa ci fai tu qui di domenica??>> chiesero entrambe le donne nello stesso momento??

Fu la signora Maura a rispondere: <<ragazza, oggi è il 9 gennaio, entro la fine del mese, mi arriverà un bel gruzzolo per la vendita della villona e se permetti non guardo alla domenica se posso cominciare l'anno così bene come sembra.>>

Manuela le sorrise e, non facendocela più a resistere, le raccontò tutta la storia. La signora Maura, ad ogni parola sembrava più interessata.

Spense il computer e, dopo aver preso le chiavi della villa dalla cassaforte disse: <<Andiamo.>>

<<Da dove cominciamo?>> chiese un'eccitatissima Maura appena al di là del cancello.

<<Vediamo il parco perché ho un dubbio da chiarirmi e poi entriamo dentro>> rispose Fabio.

Si diressero verso il punto dal quale i ragazzi avevano visto il panorama e riconosciuto la casa di Gianfranco.

<<Andiamo più avanti invitò Maura, c'è un bello slargo qui.>>

Fatti pochi metri, al di là di una fontana circolare dove probabilmente un tempo vivevano dei pesci, il panorama diventava più ampio e i tre visitatori si trovarono su una bellissima terrazza con vista sulla città.

<<Sembra di stare al Piazzale Michelangelo di Firenze.>> Osservò Manuela.

<<Non è proprio la stessa cosa, rispose l'esperto d'arte, ma anche questa non è niente male.>>

Fabio era attonito e Manuela se ne accorse.

<<Sì, la terrazza come all'Istituto c'è. Tu lo sapevi.>> gli disse.

<<Questo era uno dei punti che volevo chiarirmi>> le rispose.

<<Andiamo a vedere se dentro troviamo qualche altra cosa.>> aggiunse il suo fidanzato, come inseguendo un suo personale filo logico.

<<Che altro scopriremo, Fabio?>>

<<Non so, vediamo.>>

E trovarono.

I tre amici entrarono in casa.

<<Dobbiamo osservare attentamente ogni minimo passaggio ed anche ogni piccolo o grande affresco che ci possa nascondere un segreto.

<<Andiamo a vedere le soffitte… ma… non ci sono le soffitte!>> disse Manuela.

<<Impossibile>> dichiarò Fabio <<diciamo che non abbiamo trovato la scala che porta di sopra. Le soffitte ci sono perché servivano per le camere del personale di servizio.

Cominciamo da lassù.>>

Si diressero verso la bella scala in pietra serena fino al piano delle camere per vedere di trovare il punto da cui si poteva accedere al piano sottotetto.

Niente!

Ad una prima ispezione si resero conto che non c'era proprio niente che facesse pensare che ci fossero altre scale.

<<Certamente la scala per raggiungere la zona riservata alla servitù doveva avere un percorso alternativo a quello dei proprietari.>> disse Fabio,<< era impossibile pensare che la sera si fossero tutti diretti per la stessa scala, i padroni si fossero fermati al piano delle loro camere mentre la servitù avesse continuato a salire la scala… e poi…la scala finisce qui… ma…che cretini siamo stati, scusi signora, non pensavo a lei.>> si diresse verso l'armadio dipinto e lo spinse.

La porta si spostò verso sinistra e si ritrovarono tutti e tre di fronte al piccolo pianerottolo dove cominciava la scala che portava alle cucine.

Fabio fece un passo avanti e vedendo che le sue due compagne di avventura lo stavano seguendo le fermò.

<<Vi prego>> disse Fabio <<voi no: il legno potrebbe non sostenerci tutti.>>

Le due donne ubbidirono e "l'armadio" chiuse dentro solo il ragazzo.

<<Eccole, le ho trovate!>> si sentì gridare con gioia da là dietro.

L'anta della porta nascondeva la salita dell'ultima rampa.

La servitù la sera saliva le scale dalla cucina, incontrava la porta che immetteva al piano terreno dove c'erano i salotti, continuavano a salire e si trovavano all'altezza delle camere padronali per poi continuare fino alle soffitte dove c'erano i loro alloggi.

Fabio riaprì "l'armadio" e ricomparve dichiarando però che non fosse il caso di avventurarsi di sopra perché la scala a chiocciola in legno era, come quella che scendeva, in pessime condizioni e non era il caso di rischiare.

Continuarono il giro entusiasti delle bellezze di quella villa.

<<Ragazzi>> disse Maura <<con voi mi sto divertendo come non mi succedeva da tanto.>>

<<Anche noi, vero tesoro?>>

<<Sicuramente>> rispose Manuela al fidanzato.

E poi

Lì, naturalmente, c'erano già entrati, ma, così presi da tutte quelle meraviglie non avevano fatto caso ai particolari con così tanta meticolosità come in quell'occasione.

Era evidente che in origine un grande salone fosse stato diviso in due parti. Se ne era ricavato, come per le stanze al piano superiore, un salotto privato dal quale si poteva entrare, attraverso una porta non molto visibile perché dello stesso colore della parete e mascherata da riquadri in legno che ne alteravano l'individuazione, in un piccolo vano con due porte.

La prima introduceva in un bagno interamente rivestito di marmo rosa e sanitari bianchi completo di tutto come gli altri.

La seconda immetteva in una stanza, non molto grande, quadrata, all'incirca tre metri e mezzo di lato.

Il finestrone, nella parete opposta alla porta immetteva direttamente nel parco tramite tre scalini perché la stanza era situata in un fianco della villa dove il terreno era leggermente più basso rispetto a quello della facciata.

Sulla parete di sinistra c'era dipinto un paesaggio di campagna.

I tre visitatori osservarono il dipinto.

La signora Maura si avvicinò al finestrone per guardare meglio la vista sul parco, quindi si girò verso i ragazzi che stavano come imbambolati di fronte alla parete dipinta.

<< Guarda>> stava dicendo Fabio alla fidanzata,<< lì a destra in mezzo al verde s'intravede il profilo del tetto, riconoscibilissimo per la piccola torretta dell'orologio. Qui, tra gli alberi c'è anche il terrazzo con la bella balaustrata in marmo bianco, dal quale si può vedere il panorama sulla città e dietro c'è la montagna. Qui a sinistra della parete l'accenno della collina,

dove noi sappiamo bene esserci la casa di Gianfranco>> dettagliava Fabio, <<il tutto incorniciato da una striscia dipinta, con le due tonalità di grigio come la cornice di un'ampia finestra rifinita in pietra serena.>>

Manuela e Fabio erano estasiati, non per la meraviglia del dipinto che non rivelava una vera maestria, niente a che vedere con le preziosità delle altre stanze, ma perché avevano trovato, senza dubbio alcuno, quello riprodotto nella foto che la signora Olga aveva dato a Manuela diverse settimane prima.

<<Che avete ragazzi?>> Chiese la signora Maura.

<<E' lui… l'abbiamo trovato.>> Rispose Fabio.

<< Chi o cosa avete trovato?>>

<<Il dipinto della signora, quello fatto da lei, l'originale.>>

<<Siete sicuri che sia proprio questo qui?>>

<<Sì>> dissero in coro i due ragazzi.

<<Ed ora è importante capire come stanno le cose>> continuò Manuela, molto concreta come sempre,<<bisogna dire che la signora Olga diceva di averlo dipinto lei, ma non so se fosse stata in condizione di fare un affresco, visto la difficoltà che comporta un simile lavoro…forse lo ha fatto dipingere su un suo bozzetto…cosa suggerisce l'esperto?>> chiese rivolgendosi a Fabio.

<<L'esperto dice che può averlo fatto lei benissimo, che non si tratta di un affresco, ma di un dipinto a tempera su normale intonaco a gesso, i colori usati per dipingere sono quelli comunissimi ad acqua, che anche i bambini possono usare.

Probabilmente chi lo ha fatto doveva avere il tempo ed il consenso dei proprietari, cerchiamo quindi di capire chi vi ha abitato prima, se c'è stata una Olga e che ruolo ha avuto all'interno della casa.

Certo, dubito che se fosse stata una cameriera potesse aver avuto il tempo e l'autorizzazione per dipingere una parete.>>

<<Ma se fosse stata la stanza di una cameriera,>> obbiettò la signora Maura, << avrebbe certamente avuto il tempo per farlo, nelle ore di riposo. Non è brutto… avrà fatto vedere dei disegni ai suoi padroni, loro avranno visto che era brava e le avranno dato il permesso di dipingersi la stanza come meglio credesse… io lo vorrei sicuramente, in casa mia, un dipinto così. >> La signora Maura lasciava libero sfogo alla fantasia.

<< La servitù dormiva nel sottotetto>> osservò Fabio << e non in una stanza vicino ai probabili salotti, se questo veramente lo ha dipinto la signora Olga lei non faceva parte della servitù. Questo poteva essere uno studiolo privato, viste le dimensioni, ricavato, come sembra evidente, dividendo la stanza accanto perché troppo grande, oppure per farne la sua camera, visto che accanto c'è il bagno…che ne sappiamo…>>

Il resto della visita non rivelò niente di notevole ai fine della loro indagine, ma Fabio pensò di fare una foto al dipinto "della signora Olga" prima di uscire.

I tre amici pensarono che fosse arrivato il momento di fare il punto della situazione e si diressero a casa di Fabio dove era rimasta la foto regalata dalla signora Olga.

La voglia di confrontare le due immagini era fortissima.

Appena giunti, il ragazzo la fece vedere alla signora Maura che rimase letteralmente spiazzata.

Era decisamente lo stesso dipinto.

Certamente i particolari osservabili nelle sue reali dimensioni non si erano potuti scorgere nella foto dove, per esempio, il terrazzo nel parco si poteva notare solo andandolo a cercare sapendo più o meno dove fosse oppure spinti dalla curiosità di capire cosa fosse quel piccolo segno bianco nella foto, niente di più.

Fabio si diresse al suo computer e dopo qualche minuto l'immagine del dipinto che aveva fotografato nel pomeriggio fu confrontata, per una ulteriore verifica, con quello fatto, anni prima, dalla signora Olga.

L'unica differenza consisteva nella non buona qualità della fotografia della foto della signora; l'immagine era la stessa.

<<Dunque cerchiamo di capire: è certo ed evidente che la signora Olga ha avuto a che fare con la villa, ma forse anche con la casa di Gianfranco.>> disse Fabio << lei signora si potrebbe interessare sui precedenti proprietari della villa>>.

<<Dammi del tu, ragazzo, ora siamo soci>> rispose Maura con entusiasmo <<lo posso fare benissimo ho un amico al catasto che mi può andare se necessario anche all'Archivio di Stato, ma non ci sarà bisogno di andare tanto indietro nel secolo scorso, penso.>>

<<Io>> precisò Manuela <<domani sera torno all'Istituto e cerco di sapere cosa è successo veramente e vedo se riesco a parlare con il Direttore per farmi dare notizie certe sulla signora Olga.>>

<<E io?>> disse lui<< che faccio io?>>

<<Tu accompagni la tua adorata fidanzata dalla nonna e parli con lei che le fa sempre piacere quando ti vede, mentre io mi lavoro il Direttore>>

<<Signorina, che termini che usa; la fidanzata di un esperto d'arte non può dire "mi lavoro il Direttore">> le rispose Fabio sorridendo.

Sorrisero tutti e tre, eccitati dall'avventura che stavano vivendo.

<<Invece,>> disse Fabio <<mentre tu sei all'Istituto a parlare con il Direttore, io vado a casa di Gianfranco e faccio qualche domanda.>>

<<Perfetto, così abbreviamo i tempi>> gli rispose la ragazza.

<<No>> disse Manuela improvvisamente, come colpita da una grossa rivelazione.

<<Cosa no?>> chiesero contemporaneamente Maura e Fabio.

<<Non è sicuramente la stessa persona… non può essere la stessa persona che ha abitato la villa andare a passare gli ultimi anni della sua vita in un Istituto come quello. E' dignitoso, pulito, si mangia anche bene, ma non è di lusso ed io, se avessi tutti i soldi che aveva la proprietaria di una casa simile sarei andata a vivere in uno di quei pensionati da mille e una notte e non quello che si può permettere mia nonna.>>

<<Ci possono essere tante motivazioni>> intervenne pronta Maura << magari di soldi ne erano rimasti pochi; la villa non era più sua, tanto è vero che io l'incarico l'ho avuto da un avvocato di Roma e cosa la possa legare con la signora Olga non saprei.>>

<<Ok, continuiamo con la ricerca e vediamo che viene fuori.>>

All'Istituto

L'amica della nonna si era ripresa alla grande e le due donne stavano prendendo il tè in soggiorno vicino al solito termosifone.

Quando vide arrivare la nipote, all'anziana signora s'illuminarono gli occhi.

La ragazza si mise a sedere un po' con loro dopodiché disse loro che andava a chiedere un informazione al Direttore e, per non far venire strane idee alle due signore, aggiunse che era per una casa da acquistare da quelle parti, di cui probabilmente lui conosceva il proprietario.

Il signor Orli dirigeva l'Istituto da qualche anno, vi aveva portato delle piacevoli migliorie rendendo il soggiorno degli anziani non una pesante attesa della morte, ma un luogo a misura di persona dove potersi godere gli ultimi anni di vita con mille attività e allegria.

Anche le persone più restie, tranne casi rarissimi, si erano pian piano lasciate coinvolgere dai corsi di ballo o da lezioni di attività manuali ed i televisori, sparsi ovunque, rimanevano sempre più spesso spenti.

La socializzazione, in questo modo, diventava automatica e la salute ne trovava giovamento.

Il signor Orli ascoltò le richieste di Manuela.

Dapprima un po' freddo, si lasciò prendere dal racconto appassionato della bella villa, della foto che Olga aveva dato alla ragazza e anche lui disse di desiderare, a quel punto, di saperne qualcosa di più. Comprendeva perfettamente l'interesse di Manuela anche perché sapeva bene che la stessa signora Olga aveva desiderato che ciò avvenisse e lui era stato testimone della donazione della signora nei suoi confronti .

<<Il suicidio getta un'ombra negativa su questo Istituto che ho fatto fatica a sollevare da una condizione deprimente: forse è meglio far luce fino in fondo e poi decidere che farne della verità.>>

<<Sono perfettamente d'accordo con lei.>>

Il signor Orli rispose volentieri alle domande che le vennero fatte e qualche punto fermo fu messo, come per esempio il vero nome di Olga: Luisa Dettori coniugata Argenti.

Nulla si sapeva del perché si volesse far chiamare Olga, forse il suo secondo nome, oppure il primo non le era mai piaciuto e preferiva quello che si era data da sé.

<<Non è la prima volta che mi capita una cosa del genere e non ci faccio ormai più caso, molte persone hanno soprannomi e quasi si riconoscono solo con quello. Non è il caso d'insistere con il loro vero nome per farli irritare con una sciocchezza del genere. Non le pare?>>

La casa di Gianfranco

Nello stesso momento in cui Manuela stava parlando con il Direttore, Fabio suonava il campanello della casa di Gianfranco.

<<Signor Gino, buon giorno, come va?>>

<<Ehi, ma tu sei...sei Fabio... che bella sorpresa, vieni, accomodati.>>

L'accoglienza, gentile come era sempre stata, fece immensamente piacere al ragazzo. Un attimo dopo comparve la signora Rina che, come lo vide, gli gettò le braccia al collo e, con le lacrime agli occhi, lo baciò.

<<Scusa se mi sono commossa>> volle subito precisare la signora<< mi ricordi tanti bei momenti... con Gianfranco che ora non vedo quasi mai... >>

Fabio allora, a quelle parole, l'abbraccio ancora.

Il luminosissimo soggiorno della casa del suo amico era sempre piaciuto a Fabio perché sembrava di essere all'aperto ed anche d'inverno, come in quel momento, si poteva godere di tutto il panorama pur restandosene al calduccio del caminetto acceso. Il locale, ricavato da un grande porticato, era stato chiuso solo con un muretto che fungeva anche da sedile, alto appena cinquanta centimetri da terra. I robusti vetri termici li separavano dal vento freddo di quella giornata invernale: la meraviglia del panorama rimaneva perfettamente godibile.

Di fronte a Fabio, tra gli alberi spogli della collina di fronte, s'intravedeva il profilo del tetto della bella villa di cui avrebbe voluto conoscere tutti i suoi segreti.

Il ragazzo, ritrovata la stessa accogliente atmosfera di molti anni prima, si sentì a suo agio.

La signora Rina gli fece mille domande la prima delle quali fu se fosse fidanzato.

<<Sì. Si chiama Manuela ed ho una cotta tremenda, che mi cresce ogni giorno di più, da due anni; spero di sposarmela a settembre prima che qualcun altro ci metta gli occhi sopra... naturalmente vorrei che ci foste anche voi e Gianfranco; uno di questi giorni ve la porto.>>

<<Bravo! Tra una settimana torna "l'africano", lo...lo sai vero dov'è?>>

<<Sì, lo so, ci scambiamo messaggi ogni tanto.>>

<<Ecco, come torna gli diciamo di te e vedrai che t'invita a cena così stiamo un po' insieme.>>

<<Verrò senz'altro... babbo Gino, la posso ancora chiamare così?>>

<<Certo, finché vorrai, anche la Rina vero?>>

<<Ad una condizione>> disse lei <<che tu mi porti presto a far conoscere la tua ragazza.>>

<<Lo farò prestissimo, promesso.>>

<<Che cosa ti porta qui, dopo tutto questo tempo?>> chiese poi il sig. Gino all'amico di suo figlio.

La bella accoglienza ricevuta cancellò il timore causato dallo scopo d'indagare sulla famiglia dell'amico lasciando solo un leggero imbarazzo.

<<Non voglio negare niente, sig. Gino... babbo Gino, a lei che ha sempre ascoltato tutte le mie crisi adolescenziali: ho un pensiero nella testa e volevo parlarne con lei. Si tratta di questo: la nonna della mia ragazza vive in un Istituto per anziani e qualche giorno fa è morta una signora di nome Olga che, ci hanno detto, abitava da queste parti...>> Fabio si fermò un attimo, aveva appena detto una bugia perché lui non sapeva dove avesse vissuto la signora Olga dell'Istituto. Guardò babbo Gino che l'ascoltava e allora continuò << mi sono ricordato che Gianfranco mi parlava di una zia, o una nonna con lo stesso nome...ecco... volevo sapere se è la stessa persona >> Fabio si stava imbarazzando sempre più e il signor Gino se ne accorse; ci fu un attimo di silenzio e Fabio avvertì un po' di tensione.

Dopo qualche secondo l'uomo sorrise.

<<I ragazzi chiacchierano,>> continuò poi il sig. Gino << ci mettono un po' di fantasia e chissà che cosa ci aggiungono.>>

Fabio, si sentì un po' spiazzato da quella risposta che aveva l'aria di comunicargli che si doveva fare gli affari suoi, ma non poté non accorgersi che, mentre gli parlava, il sig. Gino girò la testa e guardò verso la villa.

Questo fece pensare a Fabio che dovesse esserci un collegamento tra le due abitazioni e la storia riguardava anche la famiglia del suo amico. Lo sguardo in quella direzione poteva però essere anche una casualità e non voleva farsi prendere da congetture campate in aria.

Incerto se scusarsi o no rimase per qualche secondo in silenzio fino a che il signor Gino iniziò a parlare.

<<Olga era il nome di mia zia, anzi la mia prozia, la sorella della mia nonna materna, che oggi avrebbe…avrebbe novantacinque anni, vero Rina?>>

<<Novantasette>> precisò sua moglie.

<<Precisamente, tre più della mia nonna che ne ha novantaquattro.>> continuò il signor Gino <<non so cosa esattamente sapesse Gianfranco perché quando lei morì non ero nato nemmeno io e veramente mi meraviglio molto che ne sapesse qualcosa…da parlarne addirittura ad un amico. E' passato tanto di quel tempo da allora…>> aggiunse come parlasse da solo.

Tacque.

Fabio non ebbe il coraggio di chiedere più niente.

Il sig. Gino, in silenzio, guardava verso la villa e Fabio, lo vide perfettamente. Colse perfettamente, nel suo sguardo, un po' di tristezza e il ragazzo fu molto tentato di salutarlo ed andare via.

<<La signora Olga che è morta la scorsa settimana non può essere la mia prozia, Fabio, ma…lasciamo stare le persone morte>> sorrise ed aggiunse <<voglio darti notizie di Gianfranco: credo che questa volta rimanga almeno un mese.>>

<<Rinaaaa!>>

Dalla stanza accanto qualcuno chiamava la signora.

<<E' la nonna>> disse il sig. Gino<< te la ricordi nonna Viola? Pensa, alla mia età non ho più i genitori e se questo è quasi normale a più di cinquant'anni, ho una benedizione: ho ancora la nonna.>>

La nonna Violante, detta Viola, la bisnonna per Gianfranco, Fabio se la ricordava benissimo, sempre intenta a cucinare torte per i ragazzi.

<<Come sta?>> chiese il ragazzo.

<<Bene sta! Meglio di noi, più lucida di me cento volte, ancora legge e, intorno ai settant'anni disse che le dispiaceva, ma forse era arrivato il momento di comprargli libri con i caratteri più grandi perché cominciava a fare fatica, nonostante gli occhiali. Vieni andiamo di là vediamo se ti riconosce.>>

<<Buongiorno nonna Viola, mi riconosce?>>

Lei lo guardò, lo studiò un attimo poi sorrise.

<<Lo stesso musetto lentigginoso di quando ti facevo la crostata per merenda, vieni qui, malandrino, dà un bacio alla nonna… ce l'hai la fidanzata?>>

<<Sì, e anche molto bella.>>

<<Fammela conoscere e le racconterò tutte le malandrinate che facevate da ragazzi, tu e quell'altro birbante.>>

Dopo aver chiacchierato un po' il sig. Gino si alzò e Fabio capì che la conversazione terminava a quel momento <<Grazie della visita, torna, ti faccio chiamare da Gianfranco.>>

"Devo saperne di più" pensava Fabio mentre guidava verso la città.

In quel momento si ricordava di un'infinità di storie che Gianfranco gli aveva raccontato e di quanto fosse capace di descrivere i particolari tanto che a lui sembrava quasi di vederli quei personaggi che il suo amico diceva che essere veri, nonostante Fabio invece spesso pensasse che se li fosse inventati.

Gianfranco era maestro soprattutto per le storie misteriose capaci di farlo spaventare e di restare svegli fino a tardi.

Spesso era uno dei genitori che veniva ad ordinare di spengere la luce e di dormire. Loro apparentemente ubbidivano, ma, così come si comportano tutti i ragazzi, quando in casa tutto taceva, al buio, Fabio chiedeva all'amico di continuare e Gianfranco era ben lieto di accontentarlo.

Era stata la nonna Viola a trasmettergli l'amore per le storie perché fin da piccolo raccontava al pronipote di tutto e con dovizia di particolari.

Una grande narratrice ed un attento ascoltatore.

Una coppia perfetta, così anche Gianfranco aveva preso amore per i racconti ed era diventato molto bravo.

Ed anche a scuola se ne accorsero.

<<Scrivi, sei bravo>> gli disse la sua insegnante,<<Devi continuare, potresti fare il giornalista o lo scrittore.>>

Ma lui sognava l'Africa e i bambini dalla bella pelle scura a cui portare l'acqua, sia quella da bere che quella spirituale e questo aveva poi fatto.

Ora erano grandi e le loro strade s'intrecciavano solo ogni tanto.

Non si sentiva mai, tuttavia, il distacco del tempo ed ogni volta che si rincontravano pareva che si fossero lasciati solo da poche ore.

Quella storia che si stava affacciando nella mente di Fabio aveva sicuramente una qualche radice negli innumerevoli racconti del suo amico, oppure della nonna Viola.

Fabio non si ricordava bene, ma il pensiero della villa lo ricollegava sicuramente alla casa di Gianfranco.

La mente di Fabio era in fermento.

"La zia Olga! Eppure questa cosa che mi ronza per la testa deve avere un perché, ma che cosa?"

Molte piccolissime tessere di un mosaico del cui disegno si era da tempo dimenticato, cominciavano a girargli per la testa.

Lo sguardo del sig. Gino verso la villa gli avevano fatto intuire che forse la storia poteva riguardare un fatto successo là.

La distanza tra le due abitazioni era in linea d'aria a non più di trecento metri anche se c'era di mezzo una piccola vallata nella cui parte più bassa scorreva un torrente che aveva molta acqua solo d'inverno.

Gli tornò in mente qualcosa: riguardava la maledizione della villa e c'era forse, uno zio, che aveva conosciuto qualcuno che abitava al di là della valle.

Niente di più.

Gianfranco

Dieci giorni dopo il telefono di Fabio squillò.

<<Quanto ci metti a venire da me?>>

<<Non più di venti minuti. Parto subito.>>

S'infilò il cappotto e prese le chiavi della macchina.

Fabio era felice: avrebbe rivisto, dopo pochi minuti il suo amico più caro.

Chiuse la porta di casa e cominciò a scendere le scale quando si ricordò della foto; rientro in casa, la prese da un cassetto e la mise sopra il tavolino: aveva in mente una cosa.

I due ragazzi si abbracciarono, sembrava che non fosse passato neanche un giorno dall'ultima volta.

Cenarono insieme, con la bisnonna e i genitori.

Dopo cena Fabio ringraziò molto la famiglia che l'aveva ospitato e disse a Gianfranco che voleva fargli conoscere una persona quindi uscirono insieme.

Manuela che era stata avvertita per telefono, si fece trovare pronta ed insieme andarono a casa di Fabio.

Appoggiando il bicchiere vuoto sul tavolino, Gianfranco notò la fotografia del dipinto e rimase stupito.

<<Chi ha fatto questa foto?>> chiese.

<<Non si sa di preciso, si conosce invece chi ha fatto il dipinto, e si vede bene che la pittrice deve essere stata dalle tue parti.>>

<<Si, decisamente, questo sembra visto da casa mia…e, a questo proposito Fabio, il babbo mi ha detto che, quando sei andato a trovarli, hai chiesto chi fosse Olga… questa cosa mi sta incuriosendo abbastanza, che cosa c'è dietro?>>

Il racconto della signora anziana che vaneggiava su un delitto e che poi era morta suicida qualche settimana prima non fu molto lungo.

Dapprima Gianfranco non sembrò neanche molto colpito, quando però Manuela raccontò che il Direttore dell'Istituto aveva detto che la retta veniva pagata da uno studio associato di avvocati romani, Gianfranco fece letteralmente fece un salto nella sedia.

<<E come si chiamava quella signora?>>

<<Olga!>>

<<Olga? come la mia prozia, no…non la prozia, la mia bisnonna, la…nonna della zia…boh! Non ci capisco un granché con le parentele, ma non è un nome molto comune… che strana coincidenza…>>

<<Dunque, e questo lo ha detto anche il tuo babbo, è certo che la tua prozia, o nonna o non si sa chi, si chiamasse Olga, ma è altrettanto sicuro che non sono la stessa persona. Quindi punto e accapo.>> disse Fabio incrociando gli occhi con Manuela.

<<Sì, non mi ricordo il grado di parentela, ma che ci sia stata una Olga in casa mia tanti anni fa ne sono sicuro. Ma…io ecco, mi è tornata in mente una cosa…non me la ricordo bene…ma, lasciamo stare, non voglio annoiarvi con le mie fantasie giovanili, anzi scusate se mi son lasciato andare.>>

<<Tu, con quelle che chiami fantasie giovanili, ci stai invitando a nozze>> gli disse Manuela. <<Noi vogliamo ardentemente che ci racconti ciò che ti viene in mente perché è ormai un po' che stiamo dietro a questa cosa, quindi niente scuse e dicci tutto quello che ti viene in mente su questo argomento. Intanto ti dico io quello che sappiamo: la foto rappresenta un

dipinto che si trova nella villa. Il punto di osservazione sembra proprio essere casa tua. Il nome della signora che l'ha dipinto è quello di un'abitante della casa da cui si vede questa immagine. Io sospetto che ci sia un legame tra tutte queste cose.>>

Manuela aveva parlato con foga a Gianfranco che rimaneva soprappensiero come inseguendo un suo filo conduttore.

<<Ehi, Fabio, dov'è che hai incontrato miss Marple.>> disse poi qualche secondo dopo.

Sorrise e continuò.

<<Non…non credo che sia la stessa storia ma ecco, mia nonna Violante…>>

<<Bisnonna!>> corresse Fabio

<<Sì, bisnonna, lo vedete che con le parentele non ci capisco niente…dunque la nonna… la bisnonna è sempre stata una donna piena di fantasia e, tu lo sai Fabio, te lo ricordi quante storie raccontava anche quando c'eri tu, è sempre stata un vulcano di fantasia…>>

<<E dunque?>> Incalzò Manuela che si rendeva conto che Gianfranco la stava prendendo troppo larga.

<<Dunque io so di una storia che un poco questi fatti me la ricordano e probabilmente me l'ha raccontata lei, anche se, mentre vi parlo, ho nella testa qualcosa di scritto, forse l'ho letto…non so…forse ci dovrei pensare.>>

Mentre Fabio si stava già perdendo dietro i ragionamenti del suo amico, Manuela, spazientita, cominciò a tamburellare le dita sul tavolino.

I ragazzi la guardarono e lei si fermò.

<<Scusatemi, ma io non sono una letterata come voi e ho bisogno di cose concrete, per cui, Gianfranco, dicci cosa ti viene in

mente e cerchiamo, se possibile, e se esistono, di cucire insieme le cose…concretamente.>>

<<Quello che mi ricordo è una cosa che deve essere successa tanti anni fa; riguarda il suicidio di una ragazza e di suo marito che deve essere avvenuto in quella villa, anzi: nel parco. Erano tutti e due molto poveri…oppure ricchi…>>

<< Ricominciamo a divagare?>>

<<Scusa, Manuela.>> e, rivolto ad Fabio<< è un chicco di pepe questa ragazza!>>

<< Anche una manciata.>> precisò il fidanzato.

<<La signora dell'Istituto diceva che ha ucciso suo marito, non c'entra assolutamente niente con due suicidi, ricchi o poveri che siano stati, non deve essere questa la storia.>> precisò Manuela.

<<Decisamente no! Però posso chiederlo a nonna Violante. Lei ha una memoria di ferro per le cose vecchie, magari non sa quello che ha mangiato a pranzo, ma delle cose "immagazzinate" da ragazza non ne perde una. Magari è solo un pettegolezzo del paese, ma vale la pena di chiederglielo.>>

<<Perfetto!>> disse Manuela, sentiamo la nonna<< Quando lo fai?>>

<<Domani, poi vi faccio sapere.>>

La bisnonna Violante detta Viola

Il pomeriggio del giorno dopo Gianfranco restò solo con la bisnonna.

Raramente i genitori del ragazzo uscivano di casa insieme per non lasciarla da sola anche se lei diceva spesso che non aveva paura di niente e che se qualcuno fosse entrato in casa, gli avrebbe dato il bastone in testa.

Quel pomeriggio Gianfranco riuscì a spedire i suoi genitori al cinema.

<<Sto io con la nonna, andate tranquilli.>>

Rina e Gino erano indecisi.

Gli occhi della nonna dimostravano felicità.

Uscirono.

<<Perché non ti fai la fidanzata come tutti i ragazzi della tua età?>> Esordì la nonna, con voce trillante, appena furono soli.

<<Ho altre cose per la testa, nonna, tu lo sai benissimo. E…poi ho un progetto>> tagliò corto Gianfranco <<voglio scrivere un libro e sono tornato da te perché tu mi hai sempre raccontato storie, allegre o tristi che siano state, ma sempre fantastiche e allora mi sono detto: la mia nonna mi aiuterà sicuro.>>

Incerta se il nipote fosse sincero o la stesse prendendo un po' in giro, lo guardò bene in viso, prese tempo, ma poi, curiosissima, chiese:

<< Che vuoi sapere?>>

<<Così mi piaci, ragazza! Voglio…cominciare la storia parlando di una coppia d'innamorati…mi piacerebbe ambientarla da queste parti, i posti che conosco bene…mi attirerebbe molto ambientarla in questa casa oppure, che so…in quella bella villa là di fronte… ci voglio mettere un amore finito male…>>

Gianfranco vide gli occhi della nonna velarsi e, con un fil di voce, la sentì dire:

<<E' successo veramente.>>

<<Che cosa è successo veramente?>> finse il ragazzo con un fastidioso senso di colpa al cuore.

<<Un amore finito male, molto male.>>

<<Dove?>>

<<Là, in quella villa maledetta>>

<<Hai voglia di raccontarmelo?>>

<<No!>>

Silenzio.

Gianfranco vide gli occhi della nonna incupirsi.

E poi…

<<Un suicidio… due suicidi: marito e moglie morti nel giro di un mese…>>

<<Abitavano là alla villa?>>

Silenzio.

<<No, abitavano qui.>> aggiunse poco dopo.

La voce della nonna si era fatta più bassa, quasi roca, si avvertiva una grande sofferenza.

Il sangue di Gianfranco si ghiacciò.

La nonna tacque.

Nel cervello del ragazzo ci fu un grande bombardamento di notizie ed emozioni.

Si rese conto di conoscere la storia.

Più che i particolari si ricordò, come in un distillato, le emozione provate.

Eccitazione.

Scandalo.

Paura.

Guardò la nonna e scorse una lacrima che scendeva dai suoi occhi scuri.

Lui l'abbracciò.

<<Non parlare più, nonna, se ti fa tanto male.>>

<<Sono passati tanti anni, ho pianto tanto e solo Michele, il tuo bisnonno, per un po' mi ha dato serenità,>> continuò a raccontare la nonna <<ma poi, siccome ho augurato tanto male a quella gente là ho perso, mia figlia Francesca e suo marito,

prestissimo. Andarono con la macchia a sbattere contro un albero. C'era la neve…sbandarono.

Gino, il tuo babbo, era appena nato.

Era rimasto a casa con me.

Meno male che non era con loro.

L'ho rallevato io insieme al tuo bisnonno Michele, fino a che lui non ce l'ha fatta ed il suo cuore non ha retto più…un infarto: si è rotto il suo cuore.

Noi donne siamo più forti.

Gino aveva cinque anni quando siamo rimasti soli.

Il tuo babbo è tanto bravo e la Rina ancora di più e mi vogliono bene.

Ho avuto una vita lunga, troppo lunga, sarebbe ora che partissi e lasciassi liberi quei ragazzi di andare al cinema senza aspettare il tuo arrivo per non restare sola in casa.>>

Gianfranco ascoltava la nonna.

La sua voce si era fatta un po' più chiara.

Voleva molto bene a quella vecchietta che si era sempre rinchiusa nella fantasia per sfuggire una spiacevole realtà.

<<Ora basta, vado a dormire che è tardi.>> disse lei risoluta.

<<Ma che tardi nonna, sono appena le sette.>>

<<Non discutere con la bisnonna, ragazzino, non ho fame e vado a letto, tu guarda pure la tv, ma non tanto…ché danno certe scemenze…>>

La nonna era voluta andare a letto per non parlare di quella storia, Gianfranco ne era convinto.

Avrebbe preferito non aver stuzzicato sua nonna con la scusa del libro. Sarebbe stato molto meglio aspettare che lei gli avesse fatto un sacco di domande sulla sua vita in Africa.

<<Io conosco la storia…la conosco!>> Disse tra se.

Guardò verso la villa.

Buio totale.

Sapeva che ora non vi abitava nessuno e che era in vendita.

Non c'era mai entrato.

Sapeva che per tanti anni vi aveva abitato una signora ricchissima che non faceva entrare nessuno oltre la servitù ed il medico.

C'era chi diceva che era pazza e chi pensava che fosse malatissima, una malattia contagiosa e per questo, nessuno l'andava a visitare.

"Leggende." Pensò.

Era partito per l'Africa e di tutte quelle cose aveva perso il ricordo e l'interesse.

Risentì la voce della nonna che diceva: << Abitavano qui.>>

Questa frase cominciò a risuonargli nella mente.

"Abitavano qui, ma si sono suicidati là. Il collegamento delle due case c'é.

Niente a che fare, però, con la signora Olga dell'Istituto."

<<Ehi ragazzo, sono gli anziani che si addormentano di fronte alla tv, va a letto dai che è già mezzanotte.>>

Sua mamma lo stava scuotendo piano.

Si svegliò, dette la buona notte e cominciò a salire le scale.

<<Ha mangiato la nonna?>> sentì alle sue spalle.

<<No, ha detto che non aveva fame, è andata a letto presto e io ho acceso la tv…ha ragione la nonna…certe scemenze…>>

Suo padre andò in cucina.

Gianfranco si ricordò di una cosa e scese le scale.

<<Senti mamma, io ho avuto una nonna, che si chiamava Olga vero?>>

<<Sì, cioè no, non la nonna tua, la nonna Olga era in realtà la prozia del tuo babbo.>>

<<A mezzanotte non m'infrenare con le parentele difficili, non puoi essere più semplice?>>

<<Sorella della nonna Viola.>>

<<Ah, ora ho capito…quasi.>>

<<Come è morta?>>

<<Non mi sembra il caso di mettersi a parlare ora di queste cose, tesoro, mandami a letto ché non sono abituata a fare quest'ora.>>

<<Ha tutta l'aria di non voler rispondere disse a mezza voce il ragazzo, ma sua madre sentì perfettamente.>>

<<Te lo posso dire domani mattina che il babbo va in città?>> disse lei sottovoce.

<<Se sono grande io per essere messo al corrente, forse lo è anche lui.>>

<<Non vuole sentir parlare di quella storia e se torna di qua e capisce di cosa parliamo s'innervosisce…ma, dimmi hai fatto questa domanda anche alla nonna?>>

<<No! Perché?>>

<<Perché è andata a letto troppo presto senza mangiare, fa così quando vuol prendere le distanze e si rifugia nel suo mondo.>>

Gino era tornato .

<<Non ha mangiato la nonna?>>

<<No>>

<<Hai cercato di convincerla?>>

<<Sì babbo, ma non ha voluto.>>

<<Va bene, andiamo a letto?>>

<<Sì…buona notte>>

<<Notte, tesoro.>>

La sua mamma ancora gli diceva tesoro e a lui piaceva immensamente.

Gianfranco si mise a letto, ma il sonno era passato.

Il silenzio era totale, quasi come nella sua casa in Africa, in mezzo alla natura, lontano da altre case…" qui la più vicina è al di là del torrente…ci si arriva in poco tempo… c'è un sentiero che scende giù fino al ponte sul ruscello…" il suo pensiero, aspettando il sonno, andava leggero indietro nel tempo e cominciò a mettere lentamente a fuoco alcune immagini…"circondata da un vasto parco di piante molto grandi era seminascosta alla vista da qualsiasi parte la si volesse guardare.

Solamente verso la città era stata costruita una grande terrazza sorretta da un alto muraglione che è parte del confine della proprietà. "

Si ricordava perfettamente la grande siepe alta e folta che circonda il parco.

Sapeva bene che nascosta tra le piante c'è una recinzione di ferro.

"Sembrano solo piante, e qualcuno può anche pensare di poter entrare nella proprietà altrui, magari aiutandosi solo con solo un' accetta per tagliare i rami della siepe.

Non è così.

Lui aveva cercato il varco.

Insieme a Fabio, naturalmente.

Il puzzle cominciò a comporsi.

No, non il varco, cercavamo il cancello.

Nella parte della siepe più vicino alla villa c'è un cancello chiuso, e da qualche parte che non può essere molto lontano c'è la chiave per aprirlo.

Sotto un sasso rotondo.

Ci passava lui per andare da lei, la notte."

Si ricordò, in un attimo che quei pensieri avevano profondamente turbato la sua mente di ragazzino, più della tragedia.

"La tragedia?"

Non ricordava bene, ma sì, c'era un qualcosa di tragico, ma i suoi pensieri, in quel periodo, erano più attratti da altro.

Sentì, come allora, il timore per aver portato via il quaderno, per rileggerlo, per la centesima volta insieme al suo amico fidato, laggiù nel capanno dove parte della storia era nata e dove ai ragazzi sembrava ancora di carpirne il segreto più profondo alimentando il naturale turbamento adolescenziale.

Sorrise tra sé e di sé, di quei pensieri che allora lo facevano sentire grande, quando, insieme a Fabio si stavano affacciando alle emozioni degli adulti.

Ora, con una visione della vita piena, profonda come solo una meravigliosa rigenerazione può trasformare, quei pensieri adolescenziali gli procuravano affetto verso due ragazzini lontani.

"Ma la storia c'è…esiste , ed anche il collegamento ed il quaderno… il quaderno…"

Il sonno stava ritornando; era ora di dormire, ma voleva ancora chiarirsi una cosa…

"Il quaderno…è tutto scritto in un quaderno dalla copertina nera"

Sì, ora era chiaro, c'erano stati due amanti clandestini e lui sapeva che c'era un quaderno in casa, in questa casa che racconta la storia…

<<Domani lo cerco.>> disse a mezza voce.

Si girò sul fianco.

Si addormentò in un attimo.

Quando Gianfranco scese in cucina erano già tutti a fare colazione.

<<Bella vita eh!>>disse il babbo.

<<Lascialo stare, almeno qui, che si riposi e mangi bene, perché laggiù 'n lo so mica che fa, mi pare tanto secco.>>

<<Macché secco, Rina, è asciutto, sta bene!>>

<<Più che altro sono adulto e, ammettetelo, un pochino mi so guardare, questo però non toglie che le coccole della mia mamma mi piacciano sempre tanto.>> rispose il ragazzo abbracciandola.

<<Tesoro>>rispose lei.

<<Uhuuu>>fece il padre.

La bisnonna osservava quel quadretto familiare sorridendo, molto orgogliosa di quel ragazzo.

<<Zitto Gino, il ragazzo vien su dritto e non ha bisogno dei tutori.>> decretò.

<<Nonna che fai oggi?>> Chiese Gianfranco.

<<E vo a ballare… vieni con me?>> rispose pronta l'anziana signora.

Il diario di Violante

Dopo colazione Gianfranco si diresse in soffitta.

Niente era stato toccato.

Fu molto facile ricordarsi dove aveva lasciato il quaderno con la copertina nera che aveva turbato i suoi pensiero da bambino.

Il tavolinetto da poco prezzo era ancora lì.

Il piccolo cassettino di destra con pomello sbeccato fu aperto in un attimo.

Iniziava così:

Ieri, otto gennaio 1947, mia sorella si è uccisa.

L'hanno trovata questa mattina sotto il muro di villa Dettori...maledetta.

Io lo so il perché.

Spero che Luisa soffra per sempre e con lei, anche l'Umberto che ora è di là in cucina che piange, il cretino.

Tutta la notte abbiamo cercato Olga.

Anche Angiolo con la Beppa non hanno dormito mai per aiutarci a cercare mia sorella.

Il freddo di stanotte me lo ricorderò per sempre tanto ci entrava nelle ossa a tutti.

Verso le quattro di notte l'Umberto ha detto che "forse" poteva essere andata dalla sua amica Luisa.

Ci siamo guardati molto stupiti di quell'idea dell'Umberto.

<<Amica?>> gli ho urlato io <<quella schifosa non è mai stata amica di mia sorella.>>

A tutti è venuto, se possibile, ancora più freddo.

L'idea di una tragedia ci ha colpito immediatamente.

Mentre cercavo il numero di telefono, l'Umberto mi ha detto che non si possono svegliare i signori per un nostro dubbio.

Gli ho risposto così:

<<Tu prega che sia là a prendere il tè e che stia ridendo, perché se le è successo qualcosa io ti uccido!>>

Il telefono ha squillato a lungo prima che una voce maschile dicesse <<Pronto.>>

Non mi è stato facile dire chi ero e che cercavo mia sorella, ma per lei avrei scalato una montagna ed il coraggio l'ho trovato.

Probabilmente era il maggiordomo quello che ha risposto, mi ha detto che non si ricordava di aver visto mia sorella in questi giorni, ma ho sentito delle voci, ed anche una femminile e ho capito che doveva essere arrivato qualcun altro, al di là del filo, e allora ho chiesto che, se fosse la signorina Luisa, me la passasse per piacere.

Lui mi ha risposto che c'era lì il professore che si era svegliato.

Gli ho detto:<< Me lo passi>> e ho sentito la sua voce che mi ha sempre messo soggezione, ma in quel momento avrei anche potuto parlare con il Papa senza timore.

Nonostante l'ora riconosco che è stato gentile.

Mi ha detto che ha visto mia sorella parlare con Luisa in giardino, nel pomeriggio di ieri e che poi se ne è andata prima del buio. Poi ha aggiunto:<< Vado a chiedere a mia figlia.>>

Mentre aspettavo con la cornetta in mano, mi è venuto in mente che il professore che ho sempre considerato lontano, sia per la sua professione, sia per quel suo aspetto così imponente e massiccio, si stava dimostrando molto gentile e disponibile ed in cuor mio gliene sono stata grata.

Dopo un tempo che mi è sembrato infinito ho risentito la voce del professore che mi diceva che Luisa le aveva appena detto che Olga è andata via da lì verso le quattro o le quattro e mezzo e poi non ne ha saputo niente. Ha voluto aggiungere che Luisa era molto preoccupata e che le dispiaceva molto per quello che ci stava capitando e che voleva che sapessimo che aveva tutta la nostra solidarietà.

Ho ringraziato, chiesto perdono per la telefonata a quell'ora e ho messo giù.

Gli eventuali discorsi di Luisa mi hanno invece fatto venire una gran rabbia.

Non ho creduto affatto al suo dispiacere ché di Olga a lei non è mai importato granché e so bene il perché ronzasse dalle mie parti: per quel cretino di mio cognato.

L'amicizia con Olga: inesistente.

Questa mattina alle sette e venti Vinicio Laioli che andava verso i suoi campi ha seguito il cane che abbaiava forte e che lo ha portato sotto il muraglione della terrazza della villa.

In terra c'era Olga.

Morta.

Vinicio aveva capito perfettamente che non ci fosse più niente da fare per mia sorella quando aveva cercato di sollevarla per le braccia e l'aveva sentita fredda e rigida come una statua. Allora é corso dal dottor Vierizzi che abita lì vicino e che dopo aver ascoltato il racconto concitato del Vinicio, ha chiamato i Carabinieri, perché aveva capito che l'Olga era morta da diverse ore, <<almeno dalla sera prima>> ha detto successivamente.

Vinicio conosceva bene mia sorella.

E' venuto a casa insieme al dottore.

<<Non ha sofferto>> ci ha detto << la morte è stata istantanea.>>

Chissà se era vero, ma l'ho ringraziato per averlo detto.

I miei genitori si sono messi a piangere.

Umberto si è seduto e si è messo il viso tra le mani.

Io no.

Sono diventata di ghiaccio come mia sorella ed un odio tremendo mi ha preso.

Là, è andata a morire.

Disperata, ma che si sapesse il perché.

Le scarpe della Olga erano rimaste di sopra.

<<Una accanto all'altra>> ci ha detto il maresciallo<<Sono state lasciate lì e questo fa capire che si è gettata da lassù, dalla terrazza del parco di villa Dettori.>>

Non avevo bisogno di quella prova.

Sapevo già tutto.

In un momento ho invece pensato che quelle erano le scarpe buone e forse l'Olga ha temuto che si sarebbero rovinate e le ha lasciate lassù.

10 gennaio

Questa mattina presto abbiamo seppellito l'Olga.

Così come era stata trovata, ieri appena ce l'avevano fatta a farla entrare nella cassa.

Le ho appoggiato sopra il vestito della domenica.

Non si poteva fare meglio e le ho rimesso, in qualche modo, le scarpe che aveva risparmiato.

Quando ieri pomeriggio hanno chiuso la cassa avrei voluto morire anch'io.

Siamo disperati.

Il prete ha detto che non poteva dare la benedizione ad una suicida.

Siamo andati direttamente al cimitero.

La Luisa non c'era, il professore sì.

11 gennaio

L'Umberto ha la testa tra le nuvole; spero che abbia capito come ha ridotto mia sorella, io vorrei che tornasse a casa sua a Tregozzano, il babbo dice che bisogna dargli un po' di tempo per vedere come si comporta.

Lui, il babbo, non lo sa il perché io non voglio intorno l'Umberto.

Non glielo dico, altrimenti prende il fucile e gli spara in testa.

So bene che l'Umberto se lo meriterebbe, ma non voglio che il babbo commetta un omicidio.

15 gennaio

L'Umberto non vuol mangiare e siamo qui a cercare di aiutarlo, la mamma gli fa l'uovo strapazzato, mangia solo quello.

Sta diventando pallido, rimane a letto anche di giorno, probabilmente soffre tanto e mi fa pena, forse è pentito per quello che ha fatto e soprattutto per la conseguenza.

Noi tutti siamo disperati per quello che è successo.

Probabilmente anche lui.

17 gennaio

Ho un brutto sospetto, spero solo di sbagliarmi.

18 gennaio

Ho appena sentito la campana suonare mezzanotte
Non riesco a dormire.

Ho guardato fuori dalla finestra e, alla luce della luna piena mi è sembrato di vedere, a metà strada tra noi e il ponte sul ruscello in fondo alla valle, un'ombra che avrei giurato essere l'Umberto.

Mi sembrava proprio il suo camminare un po' dondolante sotto quel giaccone largo.

Non ci posso credere, non voglio crederci.

Non ho voglia di andare a vedere in camera sua, perché le assi di legno della scala scricchiolano un po' verso metà e di notte, nel pieno silenzio si può sentire. Forse dovrei andare fuori e vedere se la finestra è solo accostata.

Fa troppo freddo.

Certo sarebbe carino uscire e spingere i vetri della finestra in modo che semmai trova la stanza ancora più fredda di come l'ha lasciata.

Spero vivamente di sbagliarmi.

Vorrà dire che il fucile lo prenderò io.

19 gennaio mattina presto

Non è ancora giorno.

La luna è ancora sufficientemente alta ed illumina ancora benissimo l'andatura da orso di un essere immondo per il quale mia sorella ha perso la vita.

Lo vedo che sale su dal fondovalle arriva vicino alla mia finestra, gira dietro casa.

Tendo l'orecchio.

Non un rumore.

E' sicuramente entrato dalla finestra dopo essersi arrampicato sull'albero.

Conosco bene quel passaggio.

Quando era camera nostra, con mia sorella, siamo scese da lì centinaia di volte per andare dai nostri amici.

Il babbo lo avrebbe anche tagliato se non l' avesse piantato il suo nonno e Umberto aveva riso sentendo quel racconto.

Ora fa comodo a lui.

Come il gatto.

Si arrampica sull'albero.

Lo taglio!

No, l'albero no!

Non gli farò male.

Farò male a lui!

A mezzogiorno era ancora a letto.

La mamma era pronta per portargli su il mangiare per vedere se, poverino, si ripiglia.

<<Glielo porto io il pranzo.>> Ho detto.

Non mi ha neppure sentito entrare.

Era troppo stanco!

Gli ho rovesciato la minestra bollente sul collo e allora sì che s'è svegliato.

E' saltato su come un grillo.

<<Sei scema?>> mi ha urlato mentre cercava di mandar via le conchigliette che gli erano appiccicate dietro le orecchie arrossate.

<<Non urlare o ti spacco la testa>> gli ho risposto <<non far del male anche ai miei genitori che ti hanno dato tutto.

Vediamocela tra te e me.

Che pensi di fare?

Torni a casa tua immediatamente con le tue gambe, o dentro quattro assi di legno come mia sorella, dopo che ti ho sparato tra i denti, una di queste mattine presto, giù al ponticello? >>

Lui è rimasto zitto un attimo, ha capito che non scherzavo e poi ha detto che tornava a Tregozzano nel pomeriggio.

Quando i miei hanno saputo che andava via, la mamma si è messa a piangere implorandolo di non lasciarli.

Il babbo gli ha chiesto il perché di tutta quella fretta e lui non é riuscito a dare spiegazioni credibili e allora la mamma gli ha detto di aspettare ancora un po'.<< Fallo per noi.>> ha aggiunto.

Lui mi ha guardato e io ho abbassato gli occhi.

Ci siamo capiti: resterà ancora un po'.

19 gennaio sera

Mi sono imposta di non sapere.

20 gennaio

Questa mattina alle sette, come un tempo, Umberto era a far colazione giù in cucina con tutti.

La mamma gli ha sorriso, lo coccola.

Vediamo che fa.

Ha lavorato tutto il giorno con il babbo.

Ha mangiato.

Stasera è andato a letto presto.

Mi correggo: è entrato in camera sua.

21 gennaio

Anche stamani era a far colazione.

Ha due occhi cerchiati che fanno paura.

La mamma dice che li ha così perché piange.

Secondo me non dorme.

E non certo per il dispiacere.

Sospetto che continui ad uscire.

22 gennaio

L'Umberto tutte le sera esce di casa e quando torna al mattino si ficca a letto, dorme due ore se va bene e all'ora di colazione è in cucina.

Non ci casco.

So bene che fa.

Lo odio.

Devo studiare un sistema per farlo soffrire il più possibile.

La mia mamma, che lo vede distrutto, si preoccupa.

Lei crede che voglia lasciarsi morire.

Sì... morire!

Lo so io che fa.

Il porco.

Va, ancora, da quella là.

La zozza.

La cosa che trovo strana è che i miei genitori non abbiano chiesto una sola volta il perché.

Possibile?

Forse tra loro due si saranno chiesti come mai la loro figlia improvvisamente si getta dalla terrazza della villona.

E poi perché proprio da lì...

A me non chiedono niente e neanche a Umberto.

Forse lo sanno o sospettano...

23 gennaio

Il Maresciallo, anche se non aveva nessuna voglia di farlo, ha ceduto alle mie insistenze e ha detto che la Luisa ha ammesso che aveva avuto una discussione con Olga quel pomeriggio nel parco, ma poi l'ha vista andare via e non ha pensato certo che si sarebbe suicidata.

<<Una discussione?>> ho chiesto io facendo finta di non capirne il motivo, visto la distanza abissale tra le due posizioni sociali.

Lui è rimasto in silenzio un secondo di troppo per non saperne l'argomento.

<<Lasci stare, Maresciallo.>>

8 febbraio

L'Umberto ha fatto lo stesso.
Nello stesso posto. Si è solo portato dietro le scarpe.
Ad un mese esatto dalla Olga.

9 febbraio

Funerale di Umberto.
Dalla villa, questa volta non si è visto nessuno.

12 febbraio

Sono confusa. Forse l'Umberto si è reso conto di quello che ha fatto e non ha retto al rimorso.

20 febbraio

Mettendo via le cose di Umberto ho trovato una lettera indirizzata a me.

La calligrafia solitamente incerta dell'Umberto, mi è sembrata diversa: tutta punte.

Eccola:

Cara Violante, Viola, Violina mia.

Lo sai che ti ho sempre considerata come la mia sorellina ed anzi, spesso ti ho chiamata proprio "sorellina." Ho deciso di scriverti questa lettera perché tu possa avere un po' di pace dopo quello che ti ho fatto, a te e alla Olga.

Ho bisogno di confessarmi, e siccome con i preti, tu lo sai, non ci vado per niente d'accordo, lo voglio fare con te.

Ora che sai come sono andate le cose ti voglio raccontare tutto.

Io amavo tua sorella, ma ammetto che quando ho visto la Luisa la prima volta, quando venne con il professore a prendere il formaggio, il sangue mi ha preso a bollire dentro e il mio cervello ha cominciato a non ragionare più.

Mi fece piacere quando andò via perché mi sembrò che mi portasse per una strada che non andava bene.

Te lo ricordi che tornò poi con quella macchina scoperta che fece un gran polverone nell'aia?

Aveva i pantaloni così aderenti che io non li avevo mai visti.

Io diventai tutto rosso, me ne accorsi.

Mi fissò diritto in viso con tanto desiderio che io mi sono sentito subito bello e importante.

Lei disse che era passata per dirci che il formaggio era buono.

La Olga si meravigliò per la gentilezza.

La sera a cena, la tua mamma disse che magari poteva telefonare perché se avevamo noi il telefono per l'azienda figuriamoci se non ce l'hanno loro alla villa visto che il professore verrà di sicuro chiamato per le visite.

Io avevo capito che era tornata per me.

La notte la sognai.

Da allora sempre più spesso veniva laggiù ai campi di sotto vicino al capanno perché aveva visto che in quel periodo lavoravo là.

Girellò per tre o quattro giorni sempre lì e mi parlava mentre cercavo di non vederla, ma diventavo rosso e allora lei mi stuzzicava dicendomi che ero proprio un bel ragazzo, <<belle spalle forti come le braccia>> mi diceva <<sprecato a fare il contadino.>>

Io stavo quasi sempre zitto, perché cercavo di resistere, ma la tentazione era già tanta.

Una volta che non la vidi più intorno pensai che se ne fosse andata a casa sua, ma quando vidi la porta del capanno aperta capii.

Lei era lì.

Sdraiata sulle presse di paglia.

Io non sapevo che fare.

Lei sì.

Si alzò e in un attimo si tolse il vestito e rimase nuda.

Io non capii più niente.

Sembrava insaziabile.

Ogni volta era così.

Mi portava via le forze tanto che con la Olga, non ero più capace di far niente e lei mi chiese perfino cosa stesse succedendo.

La rassicurai.

Le dissi che ero molto stanco.

Fu allora che dissi a Luisa che forse era meglio se non ci vedevamo più.

Lei disse che al cuore non si comanda e io mi persi un'altra volta sopra di lei.

Da quel momento, se un giorno non la vedevo mi facevo centomila domande ed il mio unico terrore era che si fosse stancata di me.

Ora so che ero letteralmente impazzito.

E sicuramente, pensandoci bene, ho capito, che Olga deve aver intuito immediatamente la verità.

Ma quasi tutti i giorni trovavo Luisa ad aspettarmi.

Quando tu entrasti nel capanno e ci trovasti, nudi, io avrei voluto morire e lei si eccitò di più.

Mi disse che ora potevamo uscire allo scoperto e finalmente sarei stato suo.

Io, un contadino.

<<No, non più contadino>> mi disse.

Lei mi voleva a casa sua, alla villa.

Capisci, piccola Violante, Violina mia, lei così ricca mi voleva alla villa, avrei mai potuto rifiutare una cosa del genere?

Nel frattempo cominciava ad essere freddo e allora, da quella volta andavo a casa sua. Aspettavo che la Olga si addormentasse e poi sgusciavo fuori, attento a che nessuno mi sentisse; passavo dalla finestra e correvo verso lei.

Quando arrivavo al ponte sul torrente sapevo che ero a metà strada dalla felicità.

Mi aveva fatto vedere dove c'era un cancelletto, nascosto tra la siepe che immetteva nel parco dalla parte più vicino alla villa.

Sapevo che la chiave era sotto un sasso rotondo che avevo imparato a trovare anche al buio.

In poco tempo arrivavo al finestrone di camera sua, ha una stanza a pianterreno.

Lo vedevo anche da lontano perché teneva una piccola luce accesa vicino ai vetri che mi guidava <<come il faro per i marinai.>> mi disse la prima volta.

Lei mi aspettava.

Calda più del suo letto.

Tutto il mondo era lì tra quelle lenzuola sottili.

Su un tavolino c'erano sempre dei dolci, spremute di aranci e del caffè dentro una caraffa "per rimetterci in forze".

In quella villa c'è sempre tanto caldo.

<<E' per questo che stiamo bene senza vestiti>> mi disse lei quando glielo feci notare.

Accanto alla sua camera c'era anche il bagno con l'acqua sempre calda.

A volte facevamo il bagno insieme.

Prima dell'alba tornavo a casa.

Fuori faceva freddo, come il letto che mi aspettava con dentro la Olga.

Le lenzuola erano ruvide, avevo cominciato a farci caso.

Odiavo quella condizione e mi sentivo sprecato.

Io pensavo di poter avere di più, molto di più: la Luisa.

Una mattina ho trovato la Olga che piangeva.

Si era svegliata e non mi aveva trovato.

Mi disse che era da tempo che aveva capito.

Cercai di negare.

Lei disse che sperava che mi passasse e che tornasse tutto come prima.

Cercai ancora di negare e di rassicurala.

Non bastò.

Chiesi perdono in ginocchio.

Giurai che non l'avrei più rivista per nessuna cosa al mondo.

La notte dopo non andai dalla Luisa.

Quella successiva non ce la feci a resistere.

Quando Luisa fu nuda davanti a me io pensai solo che la volevo.

Mi brontolò perché non ero andato da lei la notte prima, mi disse che ormai eravamo una cosa sola, che forse ci saremmo sposati all'estero e saremmo vissuti a Parigi dove hanno gli amici e saremmo vissuti nel lusso.

Continuavamo così ogni notte.

Allora la Olga andò da lei alla villa e volle chiederle di smettere di vedermi.

Luisa sapeva che io ormai ero suo e glielo disse.

Mi avrebbe sempre avuto, comunque, anche senza il suo consenso.

Aveva ragione.

Ero stregato.

Lo so che è brutto, ma è la verità.

Io volevo essere solo suo e non più della Olga.

Ho bisogno di confessarlo a qualcuno: è così!

La sera del funerale, per precauzione, nonostante il freddo ci trovammo al capanno.

Lei era disperata perché la Olga si era uccisa a casa sua e temeva uno scandalo.

Il Professore era arrabbiatissimo.

Aveva avuto la visita dei Carabinieri e temeva per il suo buon nome.

A lei aveva fatto una sfuriata, minacciandola di mandarla all'estero.

Non sapevo come consolarla.

Le dissi che saremmo stati sempre insieme.

Facemmo l'amore, ma al capanno era freddo così andammo casa sua.

Continuammo tutta la notte.

Era sempre così.

Avevo del buon cibo alla villa.

Avevo il caldo.

Ero certo del suo amore.

Lei mi diceva che non si saziava mai di me.

Mi sembrava che nessuno mi avesse mai voluto quanto lei.

Poi non lo so cosa mi è preso.

Tu avevi scoperto che ancora la vedevo e prima o poi la cosa si sarebbe saputa, in casa tua.

Non avevo voglia di tornare a Tregozzano a fare il contadino dai miei, visto che, ero certo, che sarei potuto stare bene.

Era già quasi un mese che la Olga se ne era andata ed io non ho resistito più.

Se Luisa voleva me, ed io ne ero certo, ho pensato che il professore doveva saperlo.

Ho approfittato del fatto che oggi pomeriggio Luisa era dalla parrucchiera insieme alla signora, sua mamma.

Ho pensato di farle una sorpresa.

Mandando via tutto il timore e ho preso coraggio.

Volevo dirle, quando ci saremmo trovati quella notte, se ancora il suo babbo non l'avesse messa al corrente della mia visita, che il professore ci avrebbe aiutati, ora che io ero libero.

Ci saremmo potuti sposare.

Mi sono messo il vestito buono.

Sono andato alla villa.

Ho detto chi ero ed ho chiesto del professore.

Il maggiordomo mi ha fatto aspettare un po' ed io mi guardavo intorno.

Dall'ingresso non c'ero mai entrato.

Era tutto così bello ed io ero certo che sarei stato parte di tutto quel mondo.

Non più di nascosto seguendo il lume al finestrone, ma passando dall'ingresso principale come quelli della famiglia.

Ero immensamente felice, mentre aspettavo che tornasse il maggiordomo.

<<Il professore è nel suo studio, prego mi segua>> mi ha detto.

Lui, mi ha ricevuto in una stanza bellissima con un dipinto immenso alle spalle della scrivania.

<<Mi dica.>>

E io ho detto tutto, con foga, non mi ricordo le parole precise, ma l'ho fatto.

Mi ha ascoltato.

Quando ho finito mi ha detto che mi ero grandemente sbagliato.

Con una calma che mi ha molto sorpreso ha continuato dicendomi che io non ho capito chi sia veramente Luisa, che non sono né il primo né l'ultimo che entra nel letto di sua figlia.

Gli ho detto che non mi piaceva affatto quello che stava dicendo di Luisa.

<<Si figuri come piace a me>> mi ha risposto e poi ha continuato dicendo che loro hanno le camere di sopra, ma che è per "le necessità" della figlia che le hanno predisposto una stanza al pianterreno con il finestrone, in modo che possa ricevere chi vuole senza che la servitù e loro "se ne accorgano."

Ho chiesto cosa erano le necessità della figlia e lui mi ha risposto che in quel periodo, non sa ancora per quanto, sono io.

Sono rimasto malissimo.

Lui se ne è accorto.

Mi ha detto che gli dispiace moltissimo dover parlare così crudamente di sua figlia con me, ma era arrivato il momento che lo sapessi.

E poi ha continuato dicendo che era meglio precisare che non era esatto dire che sono io la necessità, ma quello che faccio con lei.

Gli ho detto che voglio sposarla.

Ha sorriso e poi ha aggiunto che quello me lo posso proprio scordare. Ma se ciò avvenisse, cosa di cui è certo che Luisa non vuole e non ne sente il bisogno, la sbatterebbe fuori di casa con l'unico vestito che avesse in quel momento indosso.

La cosa, ha detto, era già stata chiarita con lei dopo la prima volta e ricordata in altre occasioni simili e Luisa aveva sempre chiuso la relazione per trovarne un'altra più comoda successivamente.

Sua figlia non ha nessuna intenzione di fare a meno degli agi di famiglia. Quindi mi dovevo rassegnare a tornarmene al mio buon formaggio e ai campi e che mi scordassi Luisa prima possibile per il mio bene.

Sono rimasto zitto.

Io sapevo che Luisa voleva vivere nel lusso, me lo aveva detto tante volte quanto le piacessero i gioielli, i viaggi e ogni comodità ed anzi non riusciva a capire come facessi io a vivere in una casa senza riscaldamento e con il gabinetto di cannicci, fuori.

Anche se non mi piaceva per niente, sapevo che il professore diceva la verità.

Gli ho detto che sua figlia mi diceva sempre che mi voleva.

Lui se ne stava zitto e guardava in basso.

Allora ho preso coraggio e gli ho detto che io la soddisfacevo in pieno e Luisa avrebbe voluto me per sempre.

<<Lei s'illude. Le dico che sono sicuro che prima o poi mia figlia avrà bisogno di qualcos'altro e la pianterà, lo ha già fatto tante, troppe volte. Mi creda, purtroppo conosco bene quale sia la malattia di mia figlia. >> E rimasto ancora un attimo zitto e io non sapevo più cosa dire...ero frastornato e allora lui ha detto:<< Credo che la nostra conversazione sia giunta, a questo punto alla fine, la prego di scusarmi, ma ho molto da fare.>>

Ha pigiato un pulsante e non ho fatto nemmeno in tempo a riprendermi che il maggiordomo è entrato e il professore gli ha detto di accompagnarmi alla porta.

<<*Buona sera*>> *mi ha detto.*

Tutto il coraggio che avevo avuto ad andare a parlare con il professore si è spento subito.

Mi sono scusato.

Ho salutato.

Ero distrutto.

Ho rifatto il percorso fino all'ingresso senza una parola.

Ho visto la porta aprirsi e sono uscito.

Ho sentito che il maggiordomo ha sbattuto forte la porta.

Ho pensato che certamente lui era un povero come me, ma si è sentito in diritto di trattarmi da inferiore.

Forse mi aveva accolto meglio il professore.

Allora mi si sono aperti gli occhi.

Con l'ingresso alle spalle, con il freddo che faceva, mi è sembrato di vedere lì la Olga.

Col suo cappotto rovesciato.

Sempre pronta a capire tutti.

Incapace di vedere il male.

Così timida di fronte ai signori.

Aveva trovato il coraggio.

Non quello mio, che mi veniva dalla certezza di essere veramente accettato dalla Luisa.

La Olga, per amor mio, aveva trovato il coraggio nella disperazione ed implorato la rivale di lasciarmi, sapendo che sicuramente Luisa non avrebbe avuto rispetto per i suoi sentimenti.

Però ci aveva provato.

Si era umiliata.

Per amor mio.

Mi sono sentito un verme.

E ho capito: l'Olga sì, mi aveva veramente amato per quello che sono.

Anche povero.

Luisa no!

Se il professore aveva detto quelle cose di sua figlia, pur con dolore, e questo lo avevo visto sul suo viso, doveva essere vero, sapendo, inoltre, il disonore che le gettava addosso.

Luisa mi aveva illuso.

Io, mi ero illuso.

Ero stato usato " per le sue necessità".

Ero stato un cretino a pensare che una simile ragazza così ricca e viziata avrebbe voluto dividere i suoi soldi e la sua vita con me.

Voleva solo dividere il letto...<<Per un poco>> aveva detto il professore..

Sono venuto a casa per scriverti questa lettera.

Ora torno là.

Per l'ultima volta riaprirò il cancellino tra la siepe, ma non andrò alla villa.

Girerò di fianco.

Vedrò la luce dietro il finestrone di Luisa, so che è già accesa per me: non ci andrò.

Mi dirigerò verso la terrazza dove... Olga...

Il resto, già lo conosci.

Ti chiedo scusa per il dolore che ti ho arrecato.

Ciao, piccola sorellina.

Umberto

21 febbraio

Non riesco più a soffrire per la morte di Umberto.

4 Aprile

Le giornate cominciano a farsi tiepide, ma io ho ancora tutto il freddo di quella notte addosso.

Sono distrutta al pensiero di non essere stata in grado di aiutare mia sorella.

Umberto era un cretino, ha fatto un'unica cosa giusta: seguire sua moglie.

Per questo pensiero, il prete mi ha detto che sono in peccato mortale e non mi darà l'assoluzione fino a che non mi pentirò.

Mi ha ordinato di dire almeno quindici rosari.

Non credo che lo farò.

A che servono?

Mi ridaranno mia sorella?

No.

Poi trovo estremamente cretino dire le preghiere per espiare dei peccati.

E poi a me quando una cosa me la dicono una volta mi basta.

La capisco.

Se me lo dicono due o tre volte mi pare che mi diano della scema; che bisogno c'è di ripetere le stessa cosa tante volte?

Non è mancanza di rispetto?

E poi ora non ho neanche voglia di pregare.

Ho tanta rabbia dentro.

Di Luisa non so più niente.

Spero che stia molto male.

Lo chiederò alla Giovanna che la vede tutti i giorni.

8 aprile

Già tre mesi.

La Giovanna mi ha detto che Luisa piange tutti i giorni, che è fatta magra come un chiodo e che hanno fatto venire un professore da Firenze, perché a suo padre non vuol dare retta e le medicine che le ha prescritto lui non le vuole.

15 aprile

La Giovanna mi ha detto che in quella casa non si vive più; Sono preoccupatissimi per la figlia e la signora la vuole portare a Parigi per distrarla.

Anche la cuoca le ha detto che la ragazza non mangia quasi niente e che tra tutti la fanno letteralmente impazzire con le richieste a tutte le ore.

16 maggio

Ho incontrato la Giovanna.

La signora e la Luisa sono a Parigi.

Lei ha, là, un cugino straricco come loro.

Il professore è rimasto alla villa ed il clima è più disteso.

Le signore si daranno alla pazza gioia.

I ricchi trovano il sistema di distrarsi.

Io invece sono qui e sono ancora disperata.

Dopo quattro mesi ancora non dormo bene e se lo faccio non mi sento per niente riposata.

Sono pentita di aver detto ad Olga di stare attenta a suo marito.

Forse dovevo farmi i fatti miei.

Ma non ce la facevo più a sopportare.

Quando andai dall'Umberto a dirgli che se non smetteva di vedere di nascosto la Luisa laggiù al capanno lo avrei detto a mia sorella, mi aspettavo che la cosa finisse.

Io credevo che fossero all'inizio della relazione... sette o otto volte... e mi sembravano tante... invece era molto di più...non volevo che l'Olga dai dai s'insospettisse ...e non mi andava proprio che soffrisse.

<<Fatti gli affari tuoi, sorellina>> mi aveva detto l'Umberto, con quel tono ironico.

Il deficiente.

Lo avrei ucciso.

Lì sul posto.

Ho aspettato ancora una settimana e poi l'ho detto alla Olga.

<<Sta attenta a tuo marito.>>

Tutto qui.

Lei lo sapeva... sono sicura.

La sua faccia non mostrò sorpresa, ma tristezza e fu questo a farmi capire che lo sapeva.

La vidi guardare verso il capanno e poi verso la villa.

Avevo ancora bisogno di prove?

No!

Fu chiaro che lo sapesse.

Certamente anche lei lo aveva visto che si lavava dalla testa ai piedi e poi spariva.

Era stato quello che mi aveva insospettito e per questo io lo avevo seguito da lontano e li avevo scoperti.

Poi lei, l'Olga andò alla villa.

E siccome si sa per certo che parlò con la Luisa e poi si è uccisa, mi pare molto chiaro che per gettarsi dal terrazzo deve essere stata sufficientemente distrutta.

E per essere sufficientemente distrutta bisogna che qualcuno debba averla ridotta in quel modo.

E questa è lei che, poverina, ora è a Parigi a distrarsi ché aveva smesso di mangiare.

Tornerà con vestiti e profumi nuovi, sarà andata a teatro, si sarà ripassata qualche francese e si sarà dimenticata di quello che ha fatto alla mia famiglia.

Considerato quello che il Professore ha detto all'Umberto probabilmente al ritorno si troverà un altro stallone da usare.

14 settembre

Tutti qui intorno ne parlano: la Luisa si è fidanzata con un signore che fa l'avvocato a Roma.

Lo ha incontrato a Parigi.

Si sposano prima possibile, non vogliono aspettare neanche la primavera.

La moglie del professore, mi ha detto la Giovanna, è tutta eccitata per questa cosa e la Luisa ha ripreso colore e ora mangia pasticcini tutti i giorni per ritrovare il giusto peso.

Li odio tutti.

28 dicembre

La neve è caduta abbondante fin da questa notte.

Ci siamo svegliati che il mondo era tutto di un unico colore anche lui d'accordo a sottolinearne la purezza di Luisa che, avvolta fino alle caviglie in una pelliccia bianca con sotto un abito aderente in seta pura dello stesso colore, adatto a ricordare al mondo tutta la sua verginità, si è sposata stamattina nella chiesetta della villa con l'avvocato Lorenzo Guglielmo Argenti.

Tutti felici e contenti.

In questo momento, al di là degli alberi spogli s'intravedono anche da qua le luci accese: devono essere molte più del numero delle preghiere corrispondenti ai quindici rosari che dovevo recitare io.

Il prete che me lo aveva ordinato sarà stato invitato al matrimonio?

La Giovanna l'altro giorno mi disse che da settimane, ormai, in villa c'è un fermento incredibile e a lei fanno un gran male i piedi per il continuo correre da una stanza all'altra per cercare di mettere a proprio agio gli invitati più illustri che sono arrivati e che alloggiano lì.

Per gli altri sono state prenotate delle camere in città.

La dépendance è riservata solo agli sposi per la loro prima notte di nozze, visto che partiranno per Ischia al mattino dopo.

Dodici mesi fa si scaldava con mio cognato.

Certo l'avvocato romano le darà il giusto stato sociale che le spetta ora che l'Umberto è tornato, con il rango con cui è nato, a far compagnia alla Olga.

La signora Giuditta, governante di casa, cosciente del suo grado, aveva molto rimproverato la cuoca sentendo che con Giovanna si era permessa di dire:<<Speriamo che le basti.>>

Altri pensieri doveva avere invece la signora Dettori madre che aveva annunciato:

<<Luisa, poverina, non aveva voglia di essere in questa casa un anno dopo la morte della sua amica...>>

Giovanna, che stava in quel momento spazzando la sala da pranzo, è rimasta per un attimo immobile con la scopa in mano dopodiché, mi ha detto, l'avrebbe sbattuta molto volentieri sulla nuovissima permanente della sua padrona.

Auguro, di vero cuore, tutta l'infelicità possibile, alla figlia prima e alla madre poi.

A me occorreranno più che qualche mese per digerire questa brutta storia.

8 gennaio

Un anno!

Chissà se là nella villa qualcuno ci pensa.

Gli sposi sono ancora a Ischia e, alla fine di gennaio, andranno subito a Roma. Da queste parti non torneranno che a Natale, ha detto la Giovanna: il primo anno di matrimonio sarà tutto un invito a feste e teatri romani.

100

Alta società.

Altro che Umberto.

25 marzo

Ecco, ora so! Esiste una giustizia.

E' passata da me la Giovanna.

<<Siediti>> mi ha ordinato<<Ti devo raccontare.>>

<<Il professore è andato a Roma la settimana passata ed è tornato con la figlia. Sola!>>

<<E' morto l'avvocato?>> ho chiesto io.

<<No...no, poverino! Molto meglio: non la vuole più!>> ha risposto la Giovanna ed insieme abbiamo cacciato un urlo di gioia.

Il motivo non si sa.

Lutto stretto in villa, ma mi ha detto che indagherà e mi terrà aggiornata.

26 marzo

Ho dormito bene come non mi succedeva da almeno un anno e mezzo.

Sarò cattiva ma c'ho un gusto...

27 marzo

La Giovanna dice che alla villa regna il silenzio ed il lutto.

Ordine della signora: nessuno deve fare riferimento al matrimonio, a Roma e nemmeno agli avvocati in genere.

Roba da morire dal ridere.

La curiosità, nel seminterrato, da quando la padrona ha fatto quel discorso, è aumentata fortemente.

La Luisa se ne sta spesso chiusa in camera sua, non più giù da basso dove aveva la sua stanza da ragazza, ma di sopra.

Il dottor. Alessandro Dettori, fratello più grande di Luisa di cui io ignoravo l'esistenza, è arrivato l'altra sera da solo.

Giovanna ha detto che era venuto al matrimonio con moglie ed un figlio di una decina d'anni molto gentile ed educatissimo.

I due uomini, il professore ed il figlio Alessandro si sono chiusi nello studio e non se ne sa niente.

Impossibile origliare ciò che avviene in quella stanza: c'è chi dice che ci deve essere un muro rinforzato perché dalla stanza accanto non si sente niente neanche con il bicchiere.

La Giovanna intende accaparrarsi la fiducia della padroncina per cercare di carpirle una qualche confidenza.

Spero che ce la faccia, ma temo sia difficile.

30 marzo

Non ci è voluto poi molto anche se per un'altra strada.

Silvana, la cuoca ha saputo tutto o almeno l'importante e con la Giovanna ci parla volentieri.

La signora Giuditta in quanto governante e responsabile della casa, come si sa e va dicendo, "non ha molta voglia di lasciarsi andare con le sottoposte", tuttavia, di fronte al secondo o terzo bicchierino del nuovo liquore all'arancio fatto in casa di cui è molto ghiotta e che Silvana ha provveduto a "farle assaggiare per prima per un suo sapiente giudizio", si é lasciata andare e, con la naturale promessa di non dirlo a nessuno, la cosa è venuta alla luce.

Dunque questa è la notizia:

Sembra che l'avvocato, nonostante il colore dell'abito e della pelliccia e perfino dei piccolissimi gigli di raso cuciti nel reggicalze anch'esso candido come la neve di quel giorno, non abbia trovato la Luisa "come si doveva".

<<Di più non so e non voglio neanche saperlo>> aveva precisato in gran fretta la signora Giuditta.

La Silvana a stento aveva trattenuto la risata che invece si è potuta successivamente permettere alla grande con Giovanna nel rivivere la storia e, naturalmente lei con me, ridandomi un po' di soddisfazione.

Ma dunque ecco il resto: la Silvana, la cuoca, ha subito ostentato disinteresse per la cosa facendo finta di porre tutta la sua attenzione nel lucidare meglio un tegame di rame, interrompere il lavoro solo per riempire il bicchiere alla sua superiore e sottolineare che lei, in qualità di governante, ha un privilegio grande ad avere la confidenza dei signori.

<< Veramente questa cosa>>aveva precisato la titolare dell'andamento della casa << l'ho sentita dalla stanza del guardaroba che confina con il salottino della padroncina...quando ho sentito le loro voci e ho capito che la signora giovane si stava sfogando con la madre ho preso il bicchiere che tengo nel cassetto del tavolino e l'ho appoggiato al muro. Dunque>> aveva continuato ormai sciolta da quel piacevolissimo lubrificante all'arancio di cui era già al quarto bicchierino <<la storia è questa: quando l'avvocato si è avvicinato a Luisa per la prima volta, lei ha cercato di fare l'ingenua come le aveva insegnato la

sua mamma facendo un poco la ritrosa e allora lui ha cercato di stuzzicarla con dolcezza pensando di avere un angelo tra le braccia, ma dopo un pochino lei, la padroncina, non ha resistito e si è fatta prendere dalla passione perché l'avvocato è davvero molto bello. La signora madre, a quel punto aveva molto brontolato la figlia, dandole perfino della cretina perché sicuramente lui doveva aver capito che non era vergine.

La padrona ripeteva "sciocca" oppure "cretina" in continuazione.

La Luisa aveva a quel punto cominciato a piagnucolare con la madre che non smetteva di darle della sciocca e della cretina.

Nonostante gli insulti la giovane signora aveva continuato a sfogarsi con la madre dicendo che, quando poi...la faccenda è stata, diciamo un po'... più profonda e lui è scivolato giù bene, ha concluso la cosa con grande soddisfazione di entrambi.

Dopo qualche minuto di silenzio però, lui si è prima congratulato per "la prestazione" e poi ha detto chiaro chiaro alla consorte che non aveva voglia di avere una... una...insomma hai capito, per moglie.

Sembra che già in quel momento lui le abbia detto che l'indomani avrebbe pensato cosa fare.>>

Era tanto tempo che non ridevo così di gusto.

<<Non è ancora finita>> mi ha detto Giovanna con le lacrime agli occhi.<< La padrona allora, molto scocciata ha chiesto alla figlia se per caso, durante la "faccenda" lei non abbia emesso uggiolii di consenso e la figlia le ha risposto che una moglie certamente vuole far capire al marito che sta gradendo e che di urletti di piacere e incitamenti ad andare avanti ne ha

espressi molti e decisamente sinceri perché a lei piace molto suo marito. >>

La mia pancia era tutto un dolore dalle risate.

<<A te sono sempre piaciuti tutti>> le aveva gridato la madre perdendo decisamente il controllo della situazione.

<< La padrona ripeteva in continuazione alla figlia che era stata una grandissima cretina e che si era rovinata la vita per essersi goduta una...una... e non le veniva la parola, oppure a quel livello di signorilità, non ne esiste una giusta...non si sa. Dopodiché la padroncina sembra che si sia messa a piangere di brutto sentendo la mamma che le diceva che "la prima volta con il marito" non ci si può permettere di lanciare urletti di piacere come una molto...molto navigata...

Molte congratulazioni anche alla signora madre che mi sa è della stessa pasta.>>

La Giovanna non ce la faceva più dal ridere e le era venuta anche un po' di tosse.

Abbiamo bevuto dell'acqua e poi ha continuato.

<< Allora lei, la ragazza ha pure confessato che ha paura che "forse" tra gl'incitamenti le sia sfuggito anche il nome di Umberto.>>

A quel punto sono letteralmente caduta dalla sedia mentre la Giovanna si teneva la pancia.

La governante si era successivamente molto raccomandata che la cosa restasse tra le mura della cucina e la cuoca, rientrando nel suo ruolo e dopo averle riempito di nuovo il bicchierino, le ha assicurato che certamente di lì non sarebbe uscito neanche un fiato.

Credo di non aver mai riso con tanto gusto.

<<E il fratello di Luisa è ancora qui?>>ho chiesto io quando ce l'ho fatta a smettere di ridere.

<<Sì, forse è venuto in aiuto del professore perché quelle due donne si stanno dimostrando ridicole... Ti faccio sapere gli sviluppi, ora devo scappare perché sono già in ritardo.>>

25 Aprile

La vita alla villa sembra sia tornata quella di prima del matrimonio.

Il fratello di Luisa è tornato a Roma.

Lei non vuol mettere neanche più piede nella cameretta che aveva al pian terreno: dorme di sopra accanto ai genitori ed è molto calma, ricama e legge le riviste.

Il padre provvede a somministrarle personalmente delle gocce che i padroni dicono essere per la pressione bassa, ma non ci crede nessuno.

Sono tutti convinti che siano invece calmanti per le sue intemperanze sessuali, ma questo, naturalmente, lo dicono solo quelli del seminterrato.

Il Professore tiene il flacone nello studio.

Luisa non si riconosce.

<<Sembra anche un po' rimbecillita>> mi ha detto la Giovanna l'altra sera << cosa ci sia dentro quelle gocce che tengono lontano dagli sguardi di tutti ci si può immaginare.

Il professore non vuole che sua figlia guidi la macchina e lei ubbidisce...pensa te come è cambiata.>>

Qui finiva, improvvisamente, il diario di Violante detta Viola.

Non c'erano né pagine strappate né cancellature.

Semplicemente l'autrice non aveva scritto più.

Il ricordo e il dubbio

Le pagine che Gianfranco aveva riletto dopo tutti quegli anni gli ricordarono il turbamento che gli avevano procurato anni prima quando, da ragazzetto, aveva scoperto il quaderno.

Prima di parlare con Fabio aveva, allora, anche se con fatica, aspettato qualche giorno. Nel frattempo aveva riletto quelle pagine molte volte. Quando finalmente il suo amico era arrivato a casa, sapeva già che sarebbe stato messo al corrente di un segreto che doveva assolutamente restare tra loro: era eccitatissimo così come lo era stato Gianfranco.

La lettura del diario dimenticato in soffitta e soprattutto il suo contenuto aveva fatto volare la fantasia ai due ragazzi che decisero di andare a vedere la villa, o quantomeno il parco anche se sapevano che i padroni non facevano entrare nessuno e si diceva che ci fossero anche due grossi cani bianchi piuttosto feroci che gironzolavano a fare la guardia.

I ragazzi pensavano, forse speravano, che la sua abitante fosse ancora la signora Luisa con tutte le sue intemperanze e questa cosa sembrava loro ancora più eccitante, tuttavia quasi sicuramente erano invece gli ultimi anni di vita della madre rimasta lì sola con la servitù un po' decimata.

Luisa era probabilmente già all'Istituto.

Passarono molto tempo a progettare come fare per poter entrare, inventarono mille scuse, ma non ci fu alcun risultato soddisfacente.

Cercarono anche il cancelletto nascosto tra la folta siepe, ma non riuscirono mai a trovarlo. Poterono solamente passare sotto la grande terrazza dove erano precipitati i due coniugi infelici, solo perché si trovava al confine del parco, ma la sola consapevolezza di calpestare il suolo dove erano precipitati Olga e Umberto, fece sentire grandi i due adolescenti.

Con il tempo l'avventura cessò di entusiasmarli e la loro attenzione si concentrò su altro.

Gianfranco aveva chiuso il diario.

Erano passati molti anni da quelle emozioni.

Anche l'atteggiamento di un giovane uomo per le sensazioni descritte nel diario di una ragazza lontana nel tempo erano, ora, molto diverse da quando l'aveva letto diversi anni prima.

Con il distacco dell'età la sua attenzione nel riaprire quel quaderno, era stata colpita più dalle evidenti caratteristiche dell' ansia nella calligrafia, scorgendone le differenze man mano che gli eventi si erano trasformati, che dal racconto dei fatti.

Un tempo non aveva capito se fosse stato frutto della fantasia della bisnonna o il resoconto di una cosa realmente avvenuta, tuttavia, ora, al di là di queste considerazioni, la vicenda si stava di nuovo ripresentando e forse era il caso che ne venisse fatta completamente luce anche perché stava coinvolgendo anche i suoi amici.

Prese il quaderno e se lo mise in tasca.

Avrebbe voluto chiamare subito Manuela e Fabio per comunicare loro che probabilmente aveva, se non la soluzione, almeno una buona parte di notizie che riguardavano la vicenda della villa.

Quella sera stessa avrebbero sicuramente cenato a casa di Fabio.

Manuela sarebbe andata a casa del suo fidanzato per preparare la cena visto che a lei divertiva immensamente cucinare e sarebbe stata lieta di poterlo fare per tre.

Fabio immaginò che dopo cena sarebbero rimasti insieme, seduti in soggiorno e lui avrebbe cominciato a leggere le pagine del quaderno ritrovato in soffitta.

Sarebbe stato entusiasmante.

Ma era giusto?

Le tornò in mente lo sguardo della nonna Viola quando, volendone stuzzicare l'attenzione alla storia fingendo di voler scrivere un libro, lei aveva preso le distanze andandosene a letto presto.

Quindi: la storia era vera e non frutto di fantasia.

Ma…

Era giusto divulgare ciò che, solo ricordandone i particolari aveva capito che avrebbe ancora recato dolore?

Gli sembrava di aver fatto male ad accennare la cosa alla bisnonna.

Non voleva assolutamente darle un dispiacere ricordandole un dolore che, anche se lontanissimo nel tempo, sembrava ancora profondamente vivo.

Rina

Gianfranco aveva, tuttavia, una gran voglia di sapere come fossero andati veramente i fatti e pensò che sua mamma doveva per certo essere al corrente di tutto.

Approfittò di un pomeriggio in cui la nonna era a dormire e il babbo in città.

La sua mamma stava facendo l'orlo ai pantaloni nuovi di suo marito e Gianfranco pensò che fosse l'occasione giusta per indagare.

<<Ti devo dire una cosa, mamma.>>

<<Dimmi.>>

<<L'altra sera, quando tu e il babbo siete andati al cinema, io ho parlato alla nonna di un mio progetto, le ho detto che volevo scrivere un libro e all'inizio lei era interessata, ma io le ho detto una bugia perché in realtà volevo chiederle alcune cose del passato. Quando mi sono accorto della sua tristezza mi sono vergognato per averla imbrogliata.>>

<<Già, avevo capito che ci doveva essere stato qualcosa che l' aveva turbata, ecco perché era andata a letto così presto.>>

<<Avevi visto giusto.>>

<<Qual era l'argomento?>>

<<Una cosa successa tanto tempo fa alla villona della collina di fronte, il suicidio di una ragazza…>>

<<Certo che l'hai turbata>> l'interruppe la mamma << dopo tutto quello che le è successo…>>

<<Allora, mamma, a questo punto devo dirti che quando ero ragazzino trovai un quaderno in soffitta, dentro un cassettino, sul quale c'era come una specie di diario. Qualcuno parlava del suicidio della sorella e quello successivo del marito un certo Umberto il mese dopo.>>

<<Non sapevo che ci fosse un diario>> continuò la mamma, << ma la storia la conosco, perché me l'aveva raccontata il babbo tanti anni fa, anche se ora non mi ricordo bene i particolari. Dunque, quell'Umberto era il cognato della nonna Viola e la sua sorella Olga, moglie di Umberto è quella ragazza che si era suicidata gettandosi dalla terrazza della villa. Ma tu mi dicevi del diario. Dov'è? Ce l'hai tu?>>

<<Sì, ce l'ho io. Quando lo lessi, da ragazzino, la cosa mi turbò molto e ne parlai con Fabio. Cercammo anche di andare a vedere la villa, senza per altro riuscirci, perché ci aveva messo addosso tanta curiosità. Ora per una serie di coincidenze, questa storia sta tornando di nuovo alla ribalta e sinceramente mi sta prendendo così tanto che vorrei capire dove si tratti di fantasia e dove cominci la realtà.>>

<<Fammelo leggere, ma non diciamo niente al babbo, almeno per ora.>>

<<Vado su a prenderlo.>>

Gianfranco salì le scale per andare in camera sua.

Fatti pochi scalini il suo sguardo fu attirato da un leggero movimento proveniente dalla porta socchiusa della camera della nonna che si trovava a pianterreno, distante dal soggiorno pochi metri.

Il dubbio che la nonna potesse aver sentito anche solo in parte alcune parole della conversazione preoccupò Gianfranco che ridiscese le scale ed andò ad avvertire la mamma di controllare, qualora la nonna fosse arrivata, di che umore potesse essere; dopo di che riprese le scale.

Quando ridiscese la nonna non si era fatta vedere ed entrambi pensarono che probabilmente non si fosse accorta di niente.

La signora Rina prese il quaderno, desiderosa di leggerlo, quando alcuni rumori provenienti dalla stanza della nonna fecero capire che si era alzata e stava arrivando.

Il quaderno scomparve nella tasca della gonna di Rina nel momento in cui apparve la nonna.

Violante, che forza!

L'anziana signora aveva un'espressione birbante negli occhi e disse che voleva parlare a tutti e due.

<<Non vorrai mica rifare il testamento per la decima volta eh nonna?>> chiese Rina.

<<Macché testamento, Rina, basta con le cose tristi, anzi,>> continuò mentre si sedeva al suo consueto posto a tavola << voglio togliermi dalla testa tutte le cose brutte che ho passato e, da oggi, pensare al futuro.>>

<<Oh brava, ora va bene.>>

<<Ho sentito un professore che parlava alla televisione>> continuò con foga la nonna,<< che diceva che non ci si deve tenere troppo a lungo dentro un problema perché diventa più grosso di quello che è... e... insomma... ecco...voglio togliermi un peso...sono passati tanti di quegli anni che ora ho voglia di raccontare una storia successa a me...>>

Gianfranco e sua madre rimasero come ghiacciati.

Temettero che la nonna dovesse aver sentito almeno in parte la loro conversazione e questo li imbarazzò entrambi.

Forse Viola voleva prendere l'iniziativa di raccontare i fatti che, vista la lontananza nel tempo, non dovevano forse turbarla più molto?

Mamma e figlio erano certi che la storia che la nonna voleva raccontare non poteva che essere quella di cui loro stavano parlando.

Un po' di apprensione era nell'aria.

Violante, semplicemente e con calma, continuò dicendo: << Mi è sempre piaciuto raccontare storie. Spesso me le sono inventate al momento. Tu >> disse indicando il suo pronipote <<ne sai qualcosa; forse questa passione che avevo da ragazza e che mi son trascinata per tanti anni mi ha anche aiutato a superare tante cose brutte...>> la nonna sospirò profondamente e i suoi familiari intuirono in lei, che cercava di farsi forza prendendo il racconto un po' alla larga, una grande sofferenza.

<< Ma questa che vi voglio raccontare ora non è inventata, e son contenta che Gino non ci sia perché lui è troppo coinvolto>> continuò.

La voce si era fatta un po' più bassa.

<< Mi successe una cosa tragica che ha fatto star male tanta gente, tanto tempo fa.>>

Guardò i suoi due familiari.

Un attimo di silenzio.

Rina si abbassò per baciarle la fronte.

Mise l'acqua nel bollitore per preparare il tè.

La bisnonna iniziò.

Fece un resoconto esatto della tragedia successa a sua sorella con una lucidità invidiabile.

Quando ebbe finito, si fermò un attimo e poi disse:<< Era ora che mi togliessi di dosso questa cosa e veramente ne sono contenta.>>

Fu allora che Gianfranco le chiese scusa per averla stuzzicata.

Lei gli sorrise <<malandrino sei sempre stato, ma ti voglio tanto bene e allora, quasi quasi ti devo ringraziare, visto che ora mi

sento meglio. Ma tu che mi facevi quelle domande>> chiese a suo nipote, <<che cosa sapevi?>>

<<Sapevo tutta questa storia.>>

<<E chi te l'aveva raccontata?>>

<< Nessuno. Avevo trovato un quaderno, su in soffitta, dove era stata scritta, in forma di diario, ma poi me ne ero del tutto dimenticato. Però Fabio ha saputo una cosa che me l'ha lontanamente ricordata ed allora mi sono incuriosito ed è per questo che l'altro giorno ho cercato di farti parlare...>>

<<Un quaderno?>> chiese nonna Viola <<già, ora ricordo: avevo visto un film dove un'attrice diceva di scrivere in un diario tutto quello che le capitava e questo la faceva star bene...mi successe quella disgrazia e allora cominciai a sfogarmi scrivendo... dopo di che mi stancai e lasciai perdere...e ...tu l'hai trovato?>>

<<Sì.>>

<<Dov'è?>>

Madre e figlio si guardarono.

Sapevano benissimo dove fosse, ma nessuno dei due aveva voglia di tirarlo fuori in quel momento sentendosi in colpa.

Essere entrati nell'intimità della nonna che così fiduciosamente si era appena confidata con loro sembrò un vero delitto.

<<Te lo cerco e te lo porto, va bene nonna?>> Gianfranco decise di salvare la situazione anche perché aveva appena visto la faccia di sua madre, che si era girata dall'altra parte, diventare paonazza.

La nonna non si accorse dell'imbarazzo di Rina.

<<Bravo, vorrà dire che, se veramente vuoi scrivere un libro su quella storia, in fondo tra i ringraziamenti, ci metterai anche il

nome della tu' nonna Violante, l'ispiratrice.   Oh giù! 'Un lo saprò… te m' hai preso 'n giro pe' ffammi chiacchierare eh, …brigante malandrino, che 'n sei altro. E ci son cascata con tutte le ciabatte… vai!>>

Ecco che la nonna stava ritornando la persona positiva e battagliera che era sempre stata e questo lato del suo carattere aveva reso piacevole la sua presenza.

<<Sarà fatto.>> rispose Gianfranco abbracciandola.

Il mattino dopo il ragazzo portò il quaderno alla nonna chiedendo se veramente avesse voglia di leggerlo.

<<Certamente, dammi qua e lasciami sola.>>

Gianfranco uscì dalla stanza.

Sua mamma, che aveva letto tutto la sera precedente era un po' preoccupata per lei e si stava chiedendo se non avesse fatto bene a parlare prima con suo marito. Temeva che, nonostante avesse deciso da sé di parlare, l'emozione per un fatto che le aveva sconvolto la vita, potesse causare uno stress troppo forte per una signora di quell'età.

Gino era, nei confronti della nonna, iperprotettivo e forse, se avesse saputo cosa stesse succedendo, non lo avrebbe permesso.

Dopo neanche un'ora la nonna entrò nella stanza.

Aveva gli occhi rossi, ma come prima cosa volle rassicurare che stesse bene.

<<Non mi ricordavo tutti quei particolari, ma sicuramente mi sono messa a ridere quando ho letto la seconda parte.>>

Tutti e tre scoppiarono in una risata fragorosa.

Madre e figlio sentirono la tensione che si era allentata e si goderono di cuore la risata ripensando alla descrizione dei rimproveri alla figlia da parte della madre per la prima notte di nozze di Luisa,

<<Chissà quanto ci avrà riso tutta la servitù della padroncina un po'…un po'…allegra, via! Quel che è giusto è giusto e il marito è scappato: la punizione l'ha avuta.>>

Rina e Gianfranco si sentirono sollevati per come era andata la cosa.

Gli occhi rossi della nonna erano causati dal pianto o dal riso?

Era arrivato il momento per raccontare della Olga dell'Istituto?

Gianfranco se lo stava chiedendo.

Chissà se la nonna era in grado di chiudere, oltre al cerchio delle emozioni, anche quello delle indagini o se le notizie che sapeva finivano tutte lì?

Non sembrò il caso, al ragazzo, di far domande al momento riservandosene eventualmente l'opportunità in un'altra occasione.

<<Beh>> fece l'anziana signora, quando sembrò che il discorso fosse finito <<a questo punto, visto che di questa cosa ne abbiamo parlato e siamo in vena di confidenze, mi dici che altro vorresti sapere?>>

Gianfranco si trovò spiazzato dall'acuta domanda della nonna e non seppe, al momento, cosa dire, ma i suoi balbettamenti fecero ridere Violante che aggiunse <<Oh che credevi che un' avessi capito che qualcosa bolle in pentola? Anche Fabio quando venne a trovare il tu' babbo l'ho sentito che chiedeva dell'Olga e allora mi son detta: oh che ne sa 'sto ragazzo di quella faccenda così lontana, e che c'entra lui? E allora: facciamo chiarezza 'na

volta per tutte anche su quest'altro argomento visto che il tempo li unisce. Oh giù, chiedi e io ti rispondo…se lo so, chiaramente.>>

<<No, vedi nonna…>>

<<Citto,'n si comincia un discorso con un no. Oh via giù, ricomincia.>>

<< Tu, sei veramente fatta della stessa pasta di Manuela, sai: siete due chicchi di pepe, anzi, come dice Fabio, "una manciata di pepe", ma dunque, riprendo il discorso, se posso eh nonna, dunque… Manuela ha una nonna che vive in un Istituto e, siccome era morta una signora di nome Olga che aveva abitato da queste parti, voleva sapere se era una parente, ma il babbo glielo disse che non c'erano collegamenti perché…>>

<<'Nfatti l'Olga mia è morta troppi anni fa…>> lo interruppe la nonna.

<<Giusto.>>

Gianfranco non sapeva se continuare, guardò la sua mamma che alzò le spalle come per dire che non sapeva se poteva permettersi di andare oltre.

La nonna aveva osservato gli sguardi d'intesa tra loro.

<<E 'n so mica grulla ancora eh, oh giù, ditemi che altro c'è… n'ho sopportate tante che un mi pole più far male niente.>>

<<Ecco vedi, nonna il fatto è che quella signora Olga che è morta qualche settimana fa, si chiamava Luisa.>>

<<Eeeh? Come si chiamava, Olga o Luisa?>>

<<Il vero nome era Luisa, ma si faceva chiamare Olga.>>

<<Era scema o che ? Perché se… si chiamava… Luisa… si… faceva chiamare…Olga?>>

La domanda della nonna iniziata con tono energico aveva, in pochissimi secondi, rallentato il ritmo quasi nella testa dell'anziana signora si fosse concretizzato un dubbio se non una certezza.

<<Una coincidenza?>> chiese, infatti.

<<Non… non so nonna, posso di sicuro dirti che il suo vero nome era Luisa Dettori.>>

<<La nonna impallidì visibilmente.>>

Si appoggiò allo schienale della sedia e dopo qualche istante, che sembrò lunghissimo, chiese:<<Ne sei sicuro?>>

<<Sì!>>

Quando Gino tornò a casa stavano ancora parlando della cosa e, come se ne rese conto, cominciò a brontolare risolutamente.

Fu sua nonna che lo fece tacere assicurandolo che era stato giusto così e, a quel punto, anche lei era curiosa di sapere tutta la verità di quella faccenda.

Gino si calmò un po', ma continuò ad osservare sua nonna pronto a cogliere il minimo cedimento.

Lei appariva più giovane di diversi anni.

L'ansia non aveva ragione di esistere.

Il nipote sorrise compiaciuto.

Si era fatta l'ora di cena.

Gianfranco aveva un appuntamento a casa di Fabio dove avrebbe visto anche Manuela.

Chiese alla nonna il permesso di poter raccontare ai suoi amici quanto lei stessa aveva scritto nel quaderno tanti anni prima.

Lei rispose << sì!>> senza tanti tentennamenti.

<<Anzi>> aggiunse dopo un attimo,<<portati dietro quella specie di diario, così lo legge anche la Manuela. Voi due maschietti lo sapevate a memoria, manca solo lei...almeno per la seconda parte ci ridete tutti e tre insieme.>>

<<Sei grande, nonna, un vero portento!>>

<<Non far tardi.>> gli disse sua madre.

<<Lascialo fare, Rina>> risposero in coro gli altri due.

La famiglia si riunisce

Qualche giorno dopo Manuela e Fabio erano a pranzo dalla famiglia di Gianfranco.

Visto che le condizioni di nonna Violante erano ottime ed anzi mostrava energia e curiosità per la vicenda, sembrò normale che i due amici di Gianfranco raccontassero, a loro volta, alla nonna ciò che sapevano.

La cosa fu dettagliata nei minimi particolari e quando la nonna seppe che le scarpe di "Olga" Luisa erano state lasciate nella terrazza, prima di gettarsi di sotto, osservò che <<é chiaro, che si tratta della Luisa che tanto ha fatto soffrire molta parte della mia famiglia, ma è anche evidente che, e ammetto che mi dispiace per lei, Luisa non aveva mai dimenticato la tragedia di tanti anni prima, che lei stessa aveva in parte causato e che ancora evidentemente sovrastava, sconvolgendola, la sua mente. >>

Nonna Viola tacque.

Non una lacrima uscì dagli occhi dell'anziana signora.

<<Lei è un guerriero nonna Viola, e un esempio per tutti noi...la posso abbracciare?>> le chiese Manuela.

<<Certo.>>

La ragazza si alzò dalla sua sedia e si chinò verso l'anziana signora che si prese l'abbraccio con un bel sorriso.

Fu allora che Manuela le chiese se poteva farle vedere un gioiello che era appartenuto alla signora dell'Istituto.

<<Certamente>> rispose con tono molto fermo.

La ragazza prese la borsa e ne tolse la piccola scatola di latta smaltata di verde, l'aprì e porse alla nonna l'orecchino che le era stato consegnato dall'amica di sua nonna Ginevra.

La signora Violante l'osservò bene dopo di che prese con mani tremanti l'oggetto che la ragazza le stava porgendo.

Il solo contatto con il prezioso gioiello fu come un interruttore.

Infinite, silenziosissime lacrime scesero dagli occhi dell'anziana signora.

Le notizie di quegli ultimi giorni, la rilettura delle parole che lei stessa aveva scritto, sapere che la signora morta qualche tempo prima aveva voluto essere chiamata con il nome della persona a cui aveva fatto tanto male, le avevano causato delle emozioni che parevano essere state affrontate benissimo.

Vedere l'orecchino fu la goccia che fece traboccare il vaso del suo autocontrollo.

Tenere tra le mani quell'oggetto prezioso le ricordò quando l'aveva visto per la prima volta.

Non avrebbe mai neppure sospettato che la sua mente potesse aver racchiuso in un angolino il ricordo ora nitidissimo di quell'immagine.

Rivisse il momento in cui dalla strada polverosa era giunta a casa l'auto sportiva di una ragazza viziata che solo qualche giorno prima era arrivata con il padre, uno stimatissimo professore, a comprare da loro del formaggio.

La rivide scendere dall'auto e cercare, sfacciatamente, di parlare con Umberto, senza curarsi di sua moglie, di lei e dei suoi genitori che erano usciti di casa per salutare una simile ricchissima signorina.

I suoi pantaloni strettissimi avevano fatto diventare la faccia di Umberto dello stesso colore degli splendidi rubini incastonati sopra le piccolissime perle dei suoi orecchini mentre lei, portandosi una mano tra i lucidi capelli, gli sottolineava, oltre alla bontà del loro formaggio, il chiaro messaggio riservato solo a lui.

Luisa era rimasta poco più di quindici minuti, ma aveva creato lo spartiacque tra la vita serena e l'angoscia.

Quando era andata via, dietro la polvere sollevata dall'auto sportiva aveva lasciato di sale una intera famiglia.

Ogni personaggio della scena aveva, in cuor suo, un dramma diverso e ognuno aveva cercato di recitare al meglio la propria parte.

Quella sera a cena, commentando il fatto, Olga aveva ricordato con troppa allegria la grande bellezza di quei gioielli.

Solo quelli, sembrava, che l'avessero colpita.

Aveva taciuto circa gli sguardi che la visitatrice aveva rivolto a suo marito e di quelli attoniti ed imbambolati di lui.

Violante allora aveva considerato sua sorella più grande un po' stupida per non essersi accorta del pericolo.

I genitori, alle parole di Olga erano rimasti zitti, ma si erano guardati e quel silenzio era sembrato alla sorella minore troppo pesante.

La mamma, forse per scongelare un po' il momento, aveva aggiunto che la signorina avrebbe potuto telefonare, ma pareva che si fosse poi pentita di quell'affermazione.

Umberto mangiava con la testa troppo bassa, quasi a voler nascondere un evidente imbarazzo.

Olga sicuramente aveva capito tutto e subito e minimizzato solo per paura.

Dopo tutti quegli anni Violante teneva in mano un oggetto che aveva visto per la prima volta almeno settanta anni prima.

Non ci aveva mai più pensato.

Troppe e tragiche le cose che aveva dovuto e voluto ricordare.

Gli orecchini di quel giorno lontano erano un pensiero che non le era mai appartenuto.

Ora, uno di quei gioielli era tra le sue mani.

Era tornato, per uno strano giro del destino, in quello stesso posto dove il dramma era cominciato.

Lei, Viola, aveva odiato profondamente e per molti anni Luisa, non sospettandone la sofferenza che ora stava apparendo in tutta la sua drammaticità.

Quell'orecchino, insieme alla fotografia del dipinto era l'ultimo anello di congiunzione con la villa.

Luisa nella sua vecchiaia aveva capito il male che aveva fatto ed aveva inteso, dando la foto del dipinto e quel gioiello a Manuela, chiedere scusa prima di morire.

Chissà se si era mai chiesta se ci fosse ancora in vita una superstite di quella vicenda.

Aveva assunto il nome della ragazza che lei aveva offeso forse per farla vivere, fino a che nello stesso modo in cui se ne era andata aveva inteso fare anche lei.

Questi erano i pensieri che passarono nella testa dell'anziana, coraggiosa signora.

Dopo quei pochi attimi di silenzio, la nonna Violante riconsegnò l'orecchino.

Le sue mani ancora tremavano e suo nipote Gino la stava baciando sulla fronte con infinito affetto.

Tutti, conoscendo le grandi sofferenze di nonna Violante, sentivano ora, per lei, lo stesso sentimento.

Il racconto era stato molto emozionante per la bisnonna Viola e vederla piangere aveva turbato tutti, poiché non si era trattato di un pianto di una vecchietta lamentosa, ma del ricordo tangibile di un avvenimento che aveva fortemente condizionato la sua vita fin da giovanissima.

<<Scusate>> disse lei <<Ora mi passa, ma tutto sommato mi ha fatto bene tirar fuori questa cosa e sono sicura che starò ancora meglio… forse c'è ancora qualcosa che devo dire: io sapevo che Luisa non stava bene, ma non sospettavo che stesse così male, voglio dire che la sua mente fosse stata sconvolta. Giovanna, la mia amica, ha continuato per molti anni a lavorare alla villa fino al 1974 o '75 avevamo già sessant'anni più o meno, io e lei e Luisa che aveva la nostra stessa età.

La Giovanna era diventata quasi di casa e diceva che Luisa dopo la fine del suo matrimonio era diventata buona buona gentile ed educata. Dormiva di sopra dagli anni della morte di Olga e Umberto e in quella cameretta dove da giovane aveva ricevuto gli amanti, non ci entrava più nessuno ed era stata vuotata. Un giorno, qualche anno dopo, aveva chiesto dei colori e dei pennelli; il Professore glieli aveva fatti avere e lei si era messa a dipingere.

Una volta che non la vedevano da un po', la cercarono per tutta la casa, la chiamavano, ma non rispondeva fino a che la trovarono nella sua vecchia cameretta tutta assorta mentre dipingeva il muro e dalla descrizione che me ne fece la Giovanna direi proprio che stesse facendo quel paesaggio della foto perché ricordo che mi disse: "pare visto da qui."

Quelle parole mi avevano colpito molto e spesso mi chiedevo come mai avesse voluto scegliere quel particolare punto di vista. Se davvero avesse amato tanto l'Umberto, io pensavo che sarebbe stato logico dipingere questa casa dove lui aveva vissuto, come ricordo, cioè quello che lei poteva vedere da casa sua.

Una volta mi venne un pensiero che però non mi convinceva, ma ora ve lo voglio dire … ecco mi venne da pensare che avesse voluto rappresentare ciò che lui, Umberto vedeva da qui, come… ecco... come… per fissare per sempre un sentimento…un desiderio di lui per lei…dato che poi, ad eccezione di poche settimane, nessun altro l'ha desiderata.

La servitù non l'amava…la sopportava e forse aveva pena per lei che era rincretinita dai farmaci.

Quando il professore morì, molto anziano, sua moglie chiese al figlio, anche lui professore, di pensare alla sorella. Fu allora che Luisa fu mandata via da casa. Io non sapevo dove fosse finita, veramente pensai a Roma visto che aveva un po' di famiglia là … poi seppi che era in un Istituto, ma non sapevo dove.

La Giovanna diceva che la madre era come liberata da un incubo: la figlia da accudire.

Quando seppi che Luisa era via da casa cominciai a non odiarla più, perché, con tutti i suoi soldi se se sarebbe andata a morire sola. Anche per la madre era un peso: via lei e tutti i tranquillanti che le davano.

Io ero e sono rimasta molto più povera, ma ho i miei ragazzi che mi vogliono bene e allora, per questo, penso di essere stata molto più ricca di lei. >>

I ragazzi applaudirono istintivamente.

Rina piangeva.

Gino abbracciava sua nonna che rideva felice.

L'odio a lungo provato per Luisa aveva certamente reso Viola più dura nei sentimenti, tanto é vero che pensava di essere stata punita da Dio perdendo sua figlia e suo genero e, poco dopo, anche il marito ritrovandosi da sola con un bambino piccolo da crescere.

Anche se questo era solo il retaggio di un'educazione religiosa sbagliata, non toglie che avesse sofferto.

Ora era tutto lontano.

Probabilmente superato.

Anche la storia adesso era chiara, chiarissima in tutti i particolari.

Devo dirlo a Maura

Manuela, tornando a casa disse al fidanzato che la mattina seguente avrebbe informato la signora Maura sulle notizie riguardanti la villa e la sua "maledizione".

<<E lei che farà?>>

<<Lo dirà ai signori Mimbelli.>>

<<E' necessario?>>

<<No, ma lei lo farà.>>

<<Tutto sommato se maledizione c'è stata l'ha subita soprattutto la bisnonna…beh no, anche la signora Luisa, nonostante tutti quei tranquillanti che le avevano dato, probabilmente si era resa conto di molte cose… ma è successo almeno settant'anni fa, non so quanto ancora possa influenzare la vita della gente un avvenimento così lontano nel tempo, non ti pare? >> ne convenne Fabio.

<<Io sono certa che Maura, lo dirà: è sempre stata corretta con i clienti e vedrai che anche questa volta si comporterà come ha sempre fatto. Una volta perse un affare per aver raccontato che in una casa era stato commesso un omicidio e il compratore se la dette a gambe, ma lei disse che se quello lo avesse saputo dopo un anno o due, si sarebbe sentita in colpa, e se a quel signore fossero venuti dei malanni, perché poi la superstizione stupida della gente questo fa, lei si sarebbe sentita in colpa anche di quelli. Meglio perdere l'affare, ma sentirsi in pace con la coscienza e poter dormire la notte.>>

La mattina dopo, appena arrivata in ufficio, Manuela si sedette di fronte alla scrivania della sua titolare che stava finendo di scrivere un contratto.

Maura alzò solo per un attimo lo sguardo sulla sua giovane dipendente e continuò a battere velocemente le dita sulla tastiera.

La ragazza non si era mossa di lì.

<<Punto>> disse Maura qualche secondo dopo <<la signorina ora può vuotare il sacco.>>

<<La maledizione nella villona c'è>> esordì la ragazza<< ed ora ti dico perché: ci sono stati due suicidi, e quello dell'anziana Olga dell'Istituto è la conseguenza dei primi due, nonostante tutti gli anni nel mezzo.>>

Manuela raccontò anche quello che aveva saputo negli ultimi giorni.

Perderemo l'affare

<<Perderemo l'affare>> disse Maura alla ragazza,<<ma non posso farci proprio niente. Glielo devo dire.>>

<<Fabio dice che…>>

<<Non importa>> la interruppe Maura<<ti ringrazio e ringrazio anche Fabio, ma lo sai come mi comporto…preferisco così.>>

Prese il telefono e dopo qualche secondo, Manuela sentì che diceva:

<<Mi dispiace infinitamente, signora Mimbelli, ma prima che pensiamo al rogito vi devo dire una cosa importante…potete

venire da me quando volete… sì, va benissimo domani alle dieci. Buon giorno.>>

<<Addio percentuale!>> disse rivolta alla ragazza che non si era mossa da lì.

La mattina dopo,   puntualissimi, i signori Mimbelli entrarono in agenzia.

Furono fatti accomodare di fronte alla titolare che li accolse gentile come sempre.

<<Signori,>> esordì la signora Maura <<non voglio farla troppo lunga e quindi vi dirò subito come stanno le cose>> fece un profondo sospiro e poi continuò <<sono molto spiacente, ma, come ho detto ieri per telefono alla signora, prima di firmare il contratto vi devo dire che sono venuta a conoscenza di cose che riguardano la villa che volete acquistare, che potrebbero non piacervi qualora lo veniste a sapere una volta che vi siate andati ad abitare.

Sono giunta a questa conclusione, pur sapendo che potrei perdere un affare per me molto importante, perché non mi riesce assolutamente d'imbrogliare le persone.

Il fatto è questo: sembra che su quella villa ci sia una maledizione perché vi sono avvenuti due delitti…due suicidi, per la precisione…>> Maura s'interruppe un attimo e poi continuò controvoglia <<due suicidi, una vita distrutta dal rancore, ed un altro suicidio come conseguenza dei primi due. Mi sembra abbastanza sufficiente per far sì che quelli che abitano lì intorno, che sono a conoscenza solo dei primi due suicidi, si sentano autorizzati a parlare di una maledizione. >>

Maura si fermò.

Fino dall'inizio del suo discorso aveva guardato le facce dei suoi clienti, mentre parlava, per scorgere le loro impressioni alle sue parole.

Con il tempo aveva imparato a dirigere il discorso, trasformarlo ed enfatizzarne alcuni particolari invece di altri a seconda dell'espressione delle persone che aveva davanti, tenendo conto dell'età, di come erano vestiti oppure di ciò che cercavano.

Tutto ciò le veniva molto spontaneo e aveva insegnato i suoi "segreti" solo a Manuela della quale diceva che imparava velocemente e bene.

Questa volta non c'era niente né da enfatizzare né da omettere, secondo lei la cosa andava detta così com'era, punto e basta. Tuttavia non poteva non scrutare le espressioni dei suoi due ricchi clienti.

Le sembrò che non trapelasse niente dalle facce dei signori Mimbelli… forse un leggero brillio negli occhi di lei che si aggiustò meglio nella sedia. Con fare disinvolto, infatti, ruotò il busto di novanta gradi verso suo marito, appoggiò il braccio sinistro nello schienale della sedia e la gamba della stessa parte sotto il ginocchio destro.

Entrambi apparivano attentissimi.

<<Dunque signori, comprenderete i miei scrupoli. In ogni casa antica, certamente qualcuno vi è morto e su questo nessuno dice niente. Quando si tratta di suicidi e di altre gravi sofferenze, però, il discorso cambia notevolmente ed io preferisco sempre che il cliente lo sappia; mi comporto così anche se devo vendere un monolocale da poco prezzo… trattandosi di un valore così alto gli scrupoli, se possibile, sono ancora di più.>>

Ancora un attimo di silenzio.

La signora Maura si aspettava che i signori si alzassero e se ne andassero.

<<Continui, la prego.>> disse a quel punto il signor Mimbelli.

<<Ecco, noi abbiamo fatto qualche piccola ricerca e abbiamo capito che per molti anni ci ha vissuto una signora che in gioventù è stata... diciamo... la causa dei due primi suicidi di cui vi ho parlato: la moglie del suo amante e lui stesso. La cognata dell'amante ha sofferto tantissimo e ha provato tanto odio. Poi lei, la responsabile di tutto, una signora di nome Luisa sembra che sia quasi impazzita... e le sono stati dati dei tranquillanti per molti anni. Veramente non si sa il perché le venivano dati, ma ora questo non c'interessa. E' morta molto anziana sola, in un Istituto della zona...è morta suicida, con lo stesso rituale e nella stessa data della signora di cui aveva assunto il nome...follia, chiaramente. Insomma non solo non c'è stata gioia in quella villa, ma la proprietaria ha causato l'infelicità anche di un'altra famiglia, i parenti dei due suicidi. Da qui l'idea della maledizione della villa, nonostante dai fatti siano passati almeno settant'anni.

Ho sempre saputo che nessuno vuole abitare in case dove ci siano stati dei delitti e probabilmente anch'io farei la stessa cosa...

Io...io ve lo dovevo dire, mi dispiace immensamente perdere l'affare, ma non potevo tacere. Se non l'avessi saputo, sarebbe stata tutta un'altra cosa,>> continuò di malavoglia la titolare dell'agenzia << ma siccome lo so...a questo punto... credo che contatterò i signori di Roma che mi hanno dato l'incarico per revocarlo... non voglio storie.>>

Il signor Mimbelli guardò sua moglie.

Si sorrisero.

Invece

<<La ringrazio infinitamente per averci raccontato della maledizione che ci sarebbe nella villa, mi rendo conto che non deve essere stato facile prendere una decisione del genere con la prospettiva di perdere una così consistente provvigione, signora Maura, questo le fa molto onore, ma… non c'interessa. No, non è esatto: la verità è, invece, che c'interessa moltissimo.>>

Maura sgranò gli occhi.

Loro se ne accorsero e sorrisero.

Il signor Mimbelli continuò.<<Signora, deve sapere che mia nonna era imparentata con i proprietari della villa. noi conoscevamo la storia della casa e della tragedia che è successa tantissimi anni fa, avevamo saputo che la signora Luisa Dettori non stava bene e sapevamo che suo nipote, il figlio di suo fratello

l'avrebbe messa in vendita alla sua morte. Lui vive a Roma, è anziano e, oltre a provvedere al pagamento della retta dell'Istituto, mi disse chiaramente che non voleva più saper niente di quella vicenda.

Ma ecco il collegamento con noi:

Il marito della signora Luisa, l'avvocato Argenti, nonostante la vicenda che tutti conosciamo e sul cui argomento non volle più ritornare, aveva mantenuto dei rapporti corretti con il resto della famiglia, tanto che aveva preso con sé nello studio, appena laureato proprio il nipote della signora Luisa, il figlio di suo fratello medico.

Ed inoltre, la mia zia materna, Adelaide Argenti era la sorella del marito della signora Luisa, sua cognata.

Dunque Duccio Dettori, curatore dei beni di sua zia Luisa, non ha interesse per la villa che noi sapevamo essere bellissima e c'incuriosiva e volevamo sicuramente visitarla e probabilmente, ed ora dico sicuramente, acquistarla. Ora che la signora Luisa non c'è più, che i fatti diciamo così sono decantati, intendiamo viverci con tutto il suo pathos, ed anzi proprio per quello.>> indicò sua moglie e poi continuò <<lei, signora Maura, è una scrittrice e dice che certi luoghi la ispirano molto.>>

<<Sì, è proprio così>> intervenne la signora <<appena sono entrata in casa, o meglio, come sono arrivata al cancello mi sono sentita avvolgere da un'intensa emozione. Probabilmente la storia che mi era stata raccontata intorno alla signora Luisa, con le sue tragedie, mi avrà condizionato, ma, in ogni caso e al di là delle notizie siamo certi di aver trovato casa.

Appena sarà nostra e ci saremo trasferiti con le nostre cose, andremo al canile a prenderci almeno tre cani, uno per ogni figlio che abbiamo; vivranno liberi nel parco e saranno la nostra compagnia… Penso che ci rivedremo ancora e vorrò certamente incontrare, se lo vorrà, la signora Violante, con questo nome così datato, inconsueto…e ora che so che potrò aggiungere tanti particolari a ciò che già conoscevo, mi sento l'entusiasmo alle stelle …penso che questo mi sarà di buon carburante per il mio lavoro.

Ho una curiosità da togliermi, signora Maura: come è nata la vostra indagine… voglio dire…se prima non ne sapevate niente, mi dica, per favore, quale è stata la prima notizia che vi ha fatto capire che ci fosse una presunta maledizione?>>

La signora Maura guardò la sua dipendente e la invitò a parlare di sua nonna e della conoscenza con la signora Olga e chi fosse in realtà.

<< Perfetto>>, disse la signora Mimbelli quando la ragazza ebbe finito il suo racconto <<ecco un altro personaggio da aggiungere alla storia, spero, Manuela, che me la voglia presentare.>>

Due giorni dopo i signori Mimbelli uscirono dallo studio del notaio dopo aver firmato il contratto.

<<Non mi hai ancora voluto rivelare dove farai il tuo studio.>> disse lui a sua moglie mentre si avvicinavano alla loro auto.

<<Ma davvero non lo immagini? Dopo tutti questi anni che stiamo insieme credevo non ci fosse bisogno di dirlo: le stanze sono tutte belle, ma la piccola camera dove Luisa riceveva i suoi amori ed ha voluto rappresentare ciò che il suo amante vedeva ogni giorno sarà il luogo dove starò sola con le parole.>>

La signora Mimbelli guardò suo marito.

Vide un leggero sorriso sul suo viso e si rese conto che lui aveva intuito quale sarebbe stata la sua scelta.

Infine

La bella villa fu riaperta alla vita.

Venti giorni dopo il rogito, una squadra di operai iniziò l'opera di ristrutturazione.

Furono rifatti gli impianti idraulico ed elettrico ed anche il riscaldamento adeguando i lavori alle nuove norme di legge; i bei termosifoni in ghisa sbalzati furono, naturalmente lasciati.

Fu interamente rifatta la scala di legno che metteva in comunicazione i locali di servizio del seminterrato con il pian terreno e, continuando, con quello delle camere per arrivare poi al sottotetto.

Fu dato nuovo smalto alle belle porte e rifatti gli infissi delle finestrature.

Il timpano della torretta dell'orologio fu controllato come pure il tetto.

L'arredamento fu, per lo più, lasciato tutto.

Finalmente i lavori finirono.

Il risultato, nel rispetto assoluto dell'originale bellezza, fu notevole.

Il giorno dell'inaugurazione venne dato un ricevimento.

Erano presenti molte persone.

Anche nonna Ginevra era, naturalmente presente alla festa.

Alcune settimane prima era stata lieta di conoscere, nonna Violante, con la quale aveva passato diversi pomeriggi a chiacchierare.

Aveva inoltre accettato volentieri di rispondere ad ogni domanda che la signora Mimbelli le aveva rivolto, quando sua nipote Manuela l'aveva accompagnata all'Istituto.

I tre figli dei signori Mimbelli avevano invitato i loro amici.

Fin dal mattino i ragazzi avevano cominciato ad allestire, sopra il palco montato nello spazio antistante l'ingresso, il loro complessino.

Grossi cavi neri cominciarono ad essere attaccati agli amplificatori; le chitarre, il sax, la batteria… alcune note acute si addolcirono, mentre altre continuarono a tormentare i timpani degli invitati dei camerieri, fino a che finalmente decisero ad accordarsi tra loro.

Giunse di corsa, tra gli applausi dei suoi amici, il riccioluto violinista dall'aspetto da poeta romantico e l'animo rock.

La musica iniziò subito e l'allegria s'intrufolò in ogni angolo dell'austera dimora.

Entrò in casa dai finestroni aperti, passò sopra i vassoi pieni di cose deliziose adagiati sulle tovaglie eleganti.

S'infilò nelle stanze private dove alcuni ospiti non ancora pronti iniziarono a ballare seguendone il ritmo.

Scese veloce la scala di pietra, s'insinuò dentro gli armadi dipinti per risalire per quella di legno incontrando di nuovo le note che si erano perse nei passaggi segreti che tanto erano piaciuti ad ogni visitatore.

Era il quattordici di giugno, giorno del compleanno della signora Violante.

La data era stata scelta apposta.

Lei era, insieme alla casa, la festeggiata.

<<Solo un piccolo ringraziamento, le fu detto, per tutto ciò che, con grande lucidità, dolore e alcune risate, aveva raccontato, collaborando vivamente alla scrittura del libro appena terminato.>>

Quattro giorni prima dell'inaugurazione ufficiale della villa, Il signor Mimbelli era entrato nello studio di sua moglie.

<<Ti ho chiamato per dirti che è finito.>> gli aveva detto lei entusiasta.

Lui aveva una rosa in mano e sorridendo gliel'aveva porta.

Lei era felice.

<< Grazie…una rosa è una rosa è una rosa….>> gli aveva sussurrato lei.

<<E un dipinto è un dipinto è un dipinto…>> le aveva risposto lui.

<<Ecco, mancava solo il titolo e me lo hai suggerito tu. Ti ringrazio. Mi era piaciuto immensamente pensare alla forza trainante di un dipinto che dapprima rappresenta il desiderio in chi lo crea nel far vivere uno sguardo d'amore e successivamente

riesce a chiarire e lenire le ferite nell'animo di una dolce coraggiosissima signora.

Credo proprio di aver trovato il titolo giusto.>>